歌の翼にキミを乗せ

同時収録＝何日君再来《イツノヒカキミカエル》

羽原大介

論創社

目次

歌の翼にキミを乗せ

登場人物

竹之内フミ……カーヒー国民学校の分教所教師。
浦野……………海軍第五十六警備隊テニアン守備隊・曹長（通信兵）。
尾形……………同隊・守備隊一等兵
永田曹長………同隊・浦野の同期の親友。
二階堂中尉……同隊副司令官。
福田……………同隊・二等兵
老店主…………ソンソン食堂の店主。
山田二等兵
小宮山二等兵
大久保二等兵
兵隊達
米軍兵士
教頭先生
秘書

国民学校の児童らが歌う『ふるさと』の合唱が聞こえ、ゆるやかに客電が落ちていく。

うさぎ追いし　かの山
こぶな釣りし　かの川
夢は今も　めぐりて
忘れがたき　ふるさと

いかにいます　父母
つつがなきや　友がき
雨に風に　つけても
思いいずる　ふるさと

志を　果たして

いつの日にか　帰らん
山は青き　ふるさと
水は清き　ふるさと

東京の国民学校・教壇

一九四四年　一月頃。
教え子の前で最後の授業をしているフミ。

フミ　この歌は、今から三〇年も前の大正三年に作られた歌です。なのに大東亜戦争最中《さなか》の今、この歌は、戦地の兵隊さんが見事に敵国を撃退して志を果たし、故郷に錦を飾りたいという願いを込めて作られた歌だと言う人がいます。……先生はそうは思いません。戦争に勝つということは、たくさんの人の命を奪うということです。そんな志があっていいものでしょうか。人の命は、それが自分のものであっても、他人のものであっても、日本人の命でも外国人の命でも、等しく尊いものなのです。

『ああ弟よ、君を泣く。君死にたもうことなかれ。

末に生まれし君なれば、親のなさけはまさりしも。

親は刃（やいば）を握らせて、人を殺せと教えしや。
人を殺して死ねよとて、二十四までを育てしや』

血相を変えた教頭が駆けつけて、

教頭先生　竹之内先生！
フミ　教頭先生、どうしました？
教頭先生　どうしましたじゃありませんよ、あなたまた子供たちに、何を言ってるのですか！
フミ　……私はまだここの教師、そして今は私の最後の授業中です。
教頭先生　あなた、クビになってもまだわからんのですか！　そんな授業をしてることが憲兵に知られたらどうなるか！

フミ、かまわず児童らに向かい

フミ　先生は願っています。人が人を傷つけ、互いの未来を奪い合う、この愚かな戦争という時代が、一日も早く終わってくれることを。みんなもどうかもう一度、命の大切さを、一人ひとり真剣に考えてみてください。
教頭先生　いい加減にしなさい！

教頭、フミに詰め寄るが、フミはそれを振り払って、

フミ　長い間ありがとう。お元気で。さようなら。

教頭先生　先生！

手を振るフミ、教頭は舌打ちして去っていく。

『ふるさと』ブラスバンド軍歌調バージョンが流れる。

ナレーション

輸送船上の兵隊達が、船上訓練を行っている。

N　昭和一二年、中国に攻め入った日本軍は、北京、上海、南京などを次々と占領。しかし中国からの撤退を求めるアメリカとイギリスは、石油と鉄鋼の日本への経済制裁を発動。これを自国への挑戦と受け取った軍部と政治家は、昭和一六年（一九四一年）一二月八日、日本軍はアメリカ太平洋艦隊の基地であるハワイの真珠湾を急襲し、宣戦を布告。ここに太平洋戦争が始まった。開戦して間もなくは、連戦連勝だったが、昭和一七年（一九四二年）六月のミッドウェー海戦で

敗北。その後も次々と決定的な敗北を喫し続ける。この物語は、そんな昭和一九年（一九四四年）二月、南方はテニアン島に向かう、輸送船のデッキから始まる。

ブラスバンドが、輸送船の汽笛にかき消される。

南方へ向かう輸送船のデッキ（夜）

フミが戦地の従兄弟《いとこ》・浦野に当てた手紙を読んでいる。

フミ　お兄様、お元気ですか？　突然ですが私は今、テニアン島に向かう船の上にいます。国民学校を休職処分になる時、教師が不足している南方ならすぐに赴任できると云われ、しばらく迷ったのですが、ついに決心しました。その理由は二つ。一つは、どこの島かわからないけど、お兄様が南方の戦線にいらっしゃるということ。もう一つは、……先日弟の死亡通知が届きました。ガダルカナルで亡くなった父に続き、マーシャル諸島で戦死したそうです。これで私は、本当に独りぼっちになってしまいました。だから、南に行けばもしかしたら親愛なるお兄様に会えるかも知れない。そんな淡い期待を胸に、赴任してみようと決めたのです。

汽笛が鳴る。

船のデッキの上の階に尾形一等兵と若い山田二等兵が現れる。

山田　うわ〜、まだ二月だってのに空気が生温かくなってきた。まんず、南方が常夏《とこなつ》だってのは本当だったんだな。

尾形　……

山田　今、どの辺りかな？

尾形　……海の上だ。

山田　そっだこたわかってる。テニアンって島のあるマリアナ群島まで、あとどんぐれえ、かかんのか聞いてんのだじゃ。

尾形　……わからん。

山田　本当に無口なんだな。

尾形　……

山田　あ、そうだ（ポケットからりんごを二つ取り出し）これ、オラん家の山で取れたりんご、出掛けに母ちゃんが持たせてくれたんだ、一つ食べてけで。津軽のりんごはまんず日本一うめえから。

山田、尾形にりんごを渡し損ねて、下に落としてしまう。

山田　あっ！

そのりんごを下のデッキで受け取り、見上げるフミ。

フミ　……

尾形　……！

激しい波の音……。

山田　まんず、きれいな人だなぁ。お名前は？

フミ　竹之内フミ。

山田　どうぞ、もらってけで。

尾形　……

思わず会釈するフミ。

フミに心を奪われ、見詰め合うことに耐え切れずその場を去って行く尾形。

山田　あ、ちょっと！　尾形一等兵！

後を追う山田。
一人、取り残されたフミ、呟くように、

フミ　尾形……一等兵……。
『やさしく白き手をのべて
りんごをわれにあたへ（え）しは、
薄紅（うすくれない）の秋の実に
人こひ初めしはじめなり』
※島崎藤村『初恋』より

フミもまた、デッキから消えていく。

テニアン基地の通信室

通信兵の浦野がヘッドホンを耳に、深刻な顔で敵国無線を傍受しつつ、解読表を見ながら横須賀基地に電報を打電している。

浦野　（打電しながら）テニアン守備隊より、横須賀基地へ。マリアナ群島沿岸海域の敵潜水艦、北西の方角に移動せり。海上輸送は危険なり。以後物資は全て航空機にて空輸、願う。

「失礼します」小宮山と大久保が入ってくる。

小宮山　小宮山二等兵、入ります！
大久保　大久保二等兵、入ります！

浦野は気づかず、打電し続けている。
小宮山と大久保は、「？」と見合わせるが、そこにあった、郵便マークのズタ袋に気付くと、慌ててゴソゴソと中を漁りだす。

浦野　（二人に気付いて）おい。
小宮山・大久保　わーっ！
浦野　……ちょっと驚き過ぎじゃないか？　いくら俺が、男前だからって。
二人　……
浦野　……何をしていた。
小宮山　内地から輸送機が到着したと聞きました。故郷、愛知県からの手紙は届いてるでしょうか。
大久保　同じく和歌山からの手紙は届いてますでしょうか！

永田が入ってくる。

永田　おお、浦野！　内地からの手紙、届いたんだって？

小宮山、大久保、慌てて永田に敬礼する。

小宮山　永田曹長、おつかれさまです！
大久保　おつかれさまです！

永田、軽く敬礼を返す。

浦野　貴様ら、俺には敬礼なんかしなかったくせに、なんで永田にはするんだ？　俺と永田は同期で、階級も同じなんだぞ。
永田　まあまあ、堅苦しいことは後にして、早く手紙をくれ。

浦野、ズタ袋の中をごそごそやって、

浦野　ほれ、大久保、小宮山のもあったぞ（手紙を渡す）

小宮山・大久保　ありがとうございます！
浦野　ちゃんと返事を書けよ。内地のご家族も、それだけを楽しみに暮らしてらっしゃるんだからな。

小宮山、大久保、「はい」「失礼します！」敬礼し、手紙を胸に去って行く。

浦野　ほれ永田、いとしの奥方様からだ（手紙を渡す）
永田　（感極まって受け取り）おお、来たか。
浦野　相変わらず字が汚いなぁ、永田の細君は。
永田　ほっといてくれ。小作人の娘でろくに学校にも行かせてもらえなかったんだから、しょうがないだろ。
浦野　字が汚い分、さぞかし美人なんだろうな。
永田　……馬そっくりだ。
浦野　馬面で字も汚いんじゃ、どうしようもないじゃないか。
永田　いいんだよ、元気な赤ちゃん生んでくれたんだから。
浦野　赤ちゃんはヒヒーンって夜泣きしてるのか？『雀の子　そこのけそこのけ　お馬が通る』小林一茶。

永田、浦野の胸ぐらを摑む。

永田　……俺や女房のことはかまわんが、娘の悪口だけは云うな。
浦野　冗談だよ。馬にそっくりの赤ん坊なんているわけないだろ。

永田、突き飛ばすように浦野を離し、さっそく手紙を開封して読み出す。

浦野　『馬の屁に　吹き飛ばされし　蛍かな』
永田　おい浦野！　見てくれ、妙子の写真、満三歳の誕生日を無事迎えたそうだ。

同封された写真を手に近づき、見せる。

浦野　……『じゃじゃ馬の　つくねんとして　かすむなり』
永田　……我が娘ながら、かなりの馬面だな。
浦野　馬みたいな娘でも、やっぱり会いたいか？
永田　当たり前だ。目の中に入れても痛くない我が子の顔を、俺はまだ一度も見たことがないんだぞ。
浦野　ヒヒーン！
福田の声　福田二等兵、入ります！

声に続き、軍隊の行進調の歩き方で、福田が入って来て、敬礼、

福田　二階堂中尉をお連れ致しました！

二階堂が入って来ると、三人、直立不動の敬礼。

二階堂　永田、飛行場の方はどうだ？
永田　ハゴイの飛行場設営は、きわめて順調であります。
二階堂　滑走路作りは楽しいか？
永田　は？
二階堂　朝から晩まで滑走路作りしていて、貴様らは充実してるのかと聞いておる。
永田　いや、それはその……。
二階堂　たく、テニアンの中曽根司令官殿も、決戦だ決戦だと言いながら、飛行場ばっかり作らせてどうすんだ。俺ら南方に土木工事に来たわけじゃねぇんだぞ。なぁ、浦野。
浦野　はっ。
二階堂　横須賀基地に電報を頼む。
浦野　はっ。

素早くメモの用意をする浦野。

二階堂　至急、軍需配給物資の追加を頼む。

浦野　詳細をお願いします！

二階堂　煙草二箱。酒十本。静岡メロン。紀州の梅干。二日酔いには紀州の梅干が一番だからな。あとは……。

メモを取る浦野の手が止まり、怪訝な顔で二階堂を見つめる。

二階堂　（浦野の視線には気づかず）ついでに三八銃《さんぱちじゅう》と、弾薬も適当に送ってもらうか。そうそう、できたら酒は日本酒だけじゃなくて、ウィスキーもいれてくれってな。

行こうとする二階堂に、

浦野　中尉殿。

二階堂　？

浦野　武器弾薬はともかく、静岡メロンとはいったい……。

二階堂　果物の王様、静岡メロンを知らんのか？

浦野　いや、メロンは知っております。ただ、この南方ではもちろん、内地の民間人も滅多に口にできないものをいったい……。

二階堂　俺が食べるんだよ。なにか問題あるか？　太平洋の防波堤となって命を懸け、内地の平和を守ってるのは誰だ？　我々南方の軍人ではないか。少々贅沢したってバチは当たるまい。

浦野　お言葉ですが中尉、既に末端の兵隊達の食料は日に日に不足し、炎天下で働く飛行場設営隊には満足に飲み水も。

永田　（慌てて機転を利かせ）中尉殿！　そう言えば物資を積んだ輸送船が、まもなくソンソンの港に入港すると。補給輸送班が、中尉に物資の仕分けと送り先を指示してもらいたいと申しております。

二階堂　馬鹿者！　なぜすぐ報告しなかった。福田、行くぞ！

福田　はっ！

二階堂　浦野、電報を頼んだぞ！

二階堂、福田を伴い去って行く。

浦野　……『欲しがりません、勝つまでは』、聞いて呆れるよ。

永田　妙な正義感は捨てろ。ここは戦場、俺たちは軍人。全ては憎き鬼畜米英を撃滅するまでの辛抱だ。

浦野　……勇ましいな。

永田　そういえば、カーヒーの国民学校に、東京から新しくおなごの教師が赴任して来るらしいな。

浦野　東京から？
永田　若い連中はもう、会う前から俺の女にしてやるだの、夜這いをかけてやるだの鼻息荒くしとったぞ。
浦野　勝手にさらせ、飢えたケダモノどもめ。そんなブス、煮て食われようが焼いて食われようが知ったことか。
永田　なぜブスだと判るんだ？
浦野　いつ爆撃されるかわからんこんな南方に今頃赴任してくるなんて、ドブスのババアに決まってるじゃないか。
永田　それもそうだな。そろそろ交代の時間だろ？　久しぶりに一杯飲みに行かんか。
浦野　酒は飲まん、知ってるだろ。
永田　いいからちょっと付き合えって。

二人、部屋から出て行く。
アップテンポの軍歌『加藤隼戦闘隊』が流れ出す。

ソンソン村の食堂

老店主が酒に酔い、ラジオから流れる軍歌を、ほうきをマイクに熱唱している。
一席で飲んでいた永田と、付き合ってる浦野。

永田　親父、酒くれ。……親父、親父！
店主　（やっと気づくが）一番が終わるまで待てません？
永田　待てないよ、酒だ。
浦野　酒とサイダー。

店主、渋々コップを持って奥に消える。

永田　（呆れて）去年ソロモンで息子が戦死してからずっとあの調子だ。
浦野　気持ちは判るよ。
永田　沖縄から入植移民でサトウキビ工場に来て、ようやく家族を養えるようになったら戦争が始まって、苦労して育てた息子が……。
永田　？
浦野　必ず生きて帰れよ。……馬面の妻と、娘の為に。
永田　……、（浦野の首を絞めて）馬面は余計だ。（ハタと）そう言えば、お前には来なかったのか？
浦野　なにが。

永田　とぼけるな、彼女からの便りだよ。
浦野　（真っ赤になって）か、彼女ではない、従兄弟だ、幼馴染の、妹も同然のおなごだ。
永田　だからその、妹も同然の彼女から便りは来なかったのか？
浦野　来なかったよ、どうでもいいけど彼女って言い方はやめてくれ。その表現は正しくない。絶対に間違ってる。
永田　だけど、惚れてるんだろ？
浦野　（立ち上がり）お前、何を言い出すんだ。そんなんじゃないよ、俺はただ……。
永田　ただ、なんだ？
浦野　一番大事な、大切な存在というか、生きる希望というか、命というか、ただそれだけの女性だよ。
永田　そういうのを普通、惚れてると云うんだ。
浦野　……（真っ赤っ赤になって立ち上がり）えー!?
永田　とぼけるな、自分でもよく判ってるだろ。
店主　（酒を持って現れ）誰が誰に惚れてらっしゃるんです？
浦野　（動揺して）いいからあっちで、『同期の桜』も歌ってくれ。

店主を奥に追いやる浦野。

永田　それにしても、あんなに熱烈な恋文をもらって返事も書かないなんて、いったいどういうおなごなんだ。

浦野　（うつむき）……あれは出してない。

永田　え？

浦野　お前に読ませたあの手紙は、まだ出してない。……ほら。

懐にしまっていた手紙を出す。

永田　（唖然と）どうして？

浦野　出してるのは、もっと普通の、元気でがんばってるか？　ってな調子の手紙だけだ。

永田　なぜ出さないんだ？

浦野　なぜって、……出せるわけないじゃないか。

永田　いつも持ち歩いてるのに？

浦野　お守り代わりだ。

永田　出せばいいじゃないか。

永田が手紙をむしり取り、

浦野　返せよ（大切そうにしまいながら）フミは……、貴様の想像をはるかに超えた、それはもう、夢にも思わぬ美しさなんだぞ。まさに非の打ち所のない、完全無欠の女性なんだ。

永田　……そこまで惚れてるなら思い切って告白したらどうだ。
浦野　できるわけないだろ！
永田　どうして？
浦野　俺はもう、こんな顔だし、年だって食ってるし。
永田　色恋に年や見てくれは関係ない。
浦野　きれいごとを言うな。……そりゃ、俺だって時には考えないこともない。銀色の月の下で、さんご礁の海岸を、フミと手を取り合って歩けたらなぁって。
永田　歩けばいいじゃないか。
浦野　歩きたい。歩けるものなら歩きたい。我を忘れてそう思うこともある。だが、鏡を見た瞬間そんな夢は破れるんだ。鏡に映るこの醜い顔……辛すぎる。苦しすぎる。でも泣くこともできない。フミを思う涙が、この醜い顔を伝わり落ちると思うと、俺は泣くに泣けないんだ。
永田　いや、そこまで言わなくても。
浦野　己の醜さは、己自身が一番よく分かっている。俺の姿は、ノートルダムのせむし男よりも惨めで、俺の顔はあの四ツ谷怪談のお岩すら怖れるほど不気味なんだ。いくら言っても言い尽くせないほど醜いんだ、あのフミの、穢れなき美しさに比べたら。
永田　……会いたいだろ、フミさんに。
浦野　会いたいよ、今すぐにでも会いたいさ。
永田　会ったらまず、どうする。
浦野　……歌を聞きたい。

永田　うた？
浦野　フミの歌う、『ふるさと』を……。
永田　……♪うさぎ追いし、かの山……。
浦野　誰が貴様の歌を聞きたいと言った。
永田　歌を聞いたら、それからどうする。
浦野　決まってるだろ、抱きしめるんだ。
永田　（感心して）おお、やるな。
浦野　フミのか細い体を、この腕でがっちりと抱きしめて、（立ち上がり、ジェスチャーで）『フミ、会いたかった！』
永田　そうだ、そしてどうする。
浦野　『フミ、元気にしていたか？』（以下一人芝居で）『はい、お兄様もお元気そうでなによりでございます』
永田　そして。
浦野　『フミ』
『なんですか、お兄様』
『お前に会ったら、まず真っ先に言おうと思ってたことがある』
『まあ、なにかしら？』
『実はな……』
『実は？』

『実はその……』

浦野、その続きを云《い》えない。

永田　実はなんだ!……がんばれ!　帝国海軍がついてるぞ!
浦野　実は…………（崩れ落ちる）
永田　どうした、進軍ラッパが鳴ってるぞ、突撃突撃!
浦野　無理だ、不可能だ、ザッツ、インポッシブル!
永田　バカ、敵国語まで使って心情を吐露するな!
浦野　（更に劇調に）オーマイガー、ジーザスクライスト、ヘルプ・ミー!

浦野がひざまずき、伸ばした手の先にフミが現れる。

浦野　……フミ。
永田　（フミを見つけ）え?
フミ　……お兄様。
永田　うそ。

浦野、唖然と立ち上がる。

浦野　……どうしてここに。
永田　（小声で）さあ行け、今練習したじゃないか、その腕でがっちりと。
浦野　……
フミ　会いたかった、お兄様！
　　がっちり抱きついたのはフミの方だった。
永田　……抱きつかれてどうするんだ。
　　再会を喜び、抱き会ったままの二人。
　　『我は海の子』の合唱が聞こえてくる。

テニアンの武道場（イメージ）
　　『我は海の子』をＢＧＭに、イメージシーン。
　　柔道着の二階堂中尉が監督する中、兵士達が柔道の乱取り稽古を行っている。

二階堂の叱責「気合だ気合！　貴様らそれでも皇軍兵士か！　そんなことじゃヤンキー赤鬼を投げ飛ばせんぞ！　我々は不沈空母として絶対国防圏を死守しなきゃならんのだ！」
竹刀を背負って兵士に近づき、容赦なく精神注入をぶちかます二階堂。
二階堂『必勝！』兵隊『神念！』、二階堂『必勝！』

兵隊　『神念［「必勝」「神念」は当時のテニアン軍の合言葉］！』

そこに新入りの尾形と山田が柔道着で入ってきて、二階堂に敬礼し、挨拶する。

尾形　第五十六警備隊・テニアン守備隊の尾形一等兵です！

二階堂が新入りにさっそく乱取りを命じると、尾形は先輩兵士らを次々投げ飛ばし、圧倒的強さを見せ付ける。

二階堂　何やってる、貴様ら全員総がかりだ！

全員が尾形に派手に投げ飛ばされ、立ち上がれなくなる。
二階堂も尾形に投げ飛ばされるも、投げ飛ばされた兵士らに次々精神注入を行い、ランニングを命じる。
一同、去って行く。

カーヒー国民学校・文教所の表（日替わり・数日後）

『我は海の子』が終わり、チャイムが鳴る。
フミと待ち合わせた浦野が現れる。
十数名の子供たちの声が、

一つ、私たちは立派な日本人になります！
一つ、私たちは天皇陛下の赤子《せきし》であります！
一つ、私たちは天皇陛下に忠義を尽くします！
先生、さようなら。みなさん、さようなら！

フミが浦野のもとへ駆け出してくる。

フミ　ごめんなさいお待たせしちゃって。
浦野　どうだ、今日で一週間、少しは慣れたか？
フミ　はい、皆さん本当にやさしくしてくださって。ただ……。

浦野　ただ？

フミ　驚きました。まさか現地のチャモロ族の子供たちにまで、皇国臣民の祝詞《のりと》を毎日唱和させてるなんて、夢にも思わなかったから。

浦野　（辺りを窺い）気をつけろ、そんなこと言ってるのを誰かに聞かれたら、また非国民だと言われて……。

フミ　（気づいて手を取る）どうしたんですか、この傷。

浦野の手の甲に傷がある。

浦野　（ドキドキしながら）ああ、訓練中にちょっと、こんなのどうってこと。

フミ　ダメです、ちゃんと消毒しなきゃ。ばい菌が入って破傷風にでもなったらどうするんですか。ちょっと待ってて下さいね。

フミ、建物に消えると、すぐに救急箱を持ってくる。

フミ　すぐ無茶なさるんだから。未来の小説家さんが大事なお手手をケガしちゃダメじゃないですか。

浦野　（デレデレで）いや、本当に、どうってことないって。

手を握られている浦野、ドキドキが高まっていく。

フミ浦野の傷の手当を始める。

浦野　あ……それで、話っていうのは。

フミ　（途端に頬を染め）うん、……。

浦野　どんな話なんだ？

フミ　うん……。

浦野　……どうした、らしくないな。さあ、どんな話でも聞くぞ。思い切って言ってみろ。

フミ　……恋をしてるんです。

浦野　……コイ？

フミ　はい（浦野を見つめ）相手の方は、まだ私の気持ちを知りません。

浦野　（ドキドキ）……なるほど。

フミ　だけど……。

浦野　だけど？

フミ　……打ち明ける勇気が出ないんです。

浦野　（つい）そうなんだ、勇気が出ないんだ。

フミ　え？

浦野　『星よ　お前は輝かしい　花よ　お前は美しかった
　小鳥よ　お前はやさしかった
　私は語った　お前の耳に幾度も

だがたった一度も言いはしなかった
私はお前を　愛していると
お前は私を　愛しているかと』
※立原道造　優しき歌より
フミ　ステキ、立原道造ですね。
浦野　この歌の通り、その思いを伝える勇気を伴わない恋心は、決して実を結ぶことはない。
フミ　（しみじみと）その通りですね……。
浦野　……それで？　それはどこのどなたなんだ？
フミ　その人は……、軍人さんです。
浦野　！……なるほど。でも、軍人といってもたくさんいるぞ。
フミ　このテニアン島にいらっしゃいます。
浦野　……なるほど。でもテニアンの軍人といっても一万人もいるぞ。
フミ　その中で、一番、男らしい方です。
浦野　……なるほど、一番男らしい、か。男らしさとは、女性に愛されるための第一条件である。
（胸を張る）
フミ　品があって、強くて、知的で……。
浦野　（もう気が気でない）……品があって、強くて、知的、か（自分だと思い込み）たしかいたな、えーっとあれは……あ、もしかすると……。

フミに握られたままの浦野の手が震え出す。

フミ　お兄様、震えてらっしゃるんですか？
浦野　いや、このかすり傷が急にうずき出して……。
フミ　（浦野を見つめ）好きなんです、愛してしまったのです。
浦野　（声も裏返り）なるほど、アイシテシマッタノカ。
フミ　もう、毎日、居ても立っても居られないほどに、愛してしまったのです！
浦野　なるほどー。
フミ　そのお方は、いつも遠くからじっと私を見つめてくださってます。
浦野　……じっと見つめて……（じーっと見つめて）いい加減はっきりと言ってくれ。その、相手と言うのは……。
フミ　……
浦野　……（独り言）口から心臓が飛び出しそうだ。
フミ　お兄様……。
浦野　……（独り言）胃袋と大腸小腸も飛び出しそうだ。
フミ　お兄様の……。
浦野　……の？……の？
フミ　お兄様の、部下の……。
浦野　部下？

フミ　……尾形一等兵です。

浦野　がーん。

壊れた人形のようにふらふら動き回る浦野。

フミ　尾形一等兵をご存知なんですか？

浦野　知らん。いや、顔ぐらいは知ってるような気もするが、それ以上は何も知らん（小声で）知りたくもない。

フミ　え？

浦野　いや別に。

フミ　（立ち上がる）ステキな方なんです。

尾形に想いを馳せ、思わず『浜辺の歌』を口ずさむフミ。

フミ　♪あした浜辺を　さまよえば……

昔のことぞ　しのばるる

風の音よ　雲のさまよ

寄する波も　貝の色も……

美しいフミの横顔をしみじみと見る浦野。

浦野　……月日が経つのは早いものだね。毎年夏休みになると、神通川の畔で一緒に水切りをして遊んだお下げ髪のフミが、立山連峰を指差して、いつかお兄様と一緒にあの雪山のてっぺんに登ってみたいと言ってたフミが、もうこうして、恋をする年頃になったんだね。……俺も年取るわけだ。

浦野、ため息と共に立ち上がって帰ろうとする。

フミ　どこ行くんですか？
浦野　帰るよ。
フミ　待ってください、まだ傷の手当てが。
浦野　こんな傷、（小声で）この胸の傷に比べたら屁みたいなものだ。
フミ　それと、お兄様にお願いしたいことがあるんです。
浦野　願い？
フミ　私のこの気持ちを、お兄様の口から、尾形様に伝えていただけないでしょうか。
浦野　えー!?（小声で）ああ、いとしの君よ、お前はどこまでこの俺に残酷な試練を与えようというのだ。
フミ　何が残酷なんです？

浦野　いや別に……（切り替えて）判ったよ。お前の気持ちはこの俺が責任を持って尾形に伝えよう。約束する。じゃあな。

また行こうとするが、

フミ　お手紙をいただけないでしょうか？
浦野　手紙？

胸に手を当て、

浦野　……なんで知ってるんだ？
フミ　何をです？
浦野　この手紙のこと。
フミ　？？？……私は、尾形様にお手紙をいただきたいと……。
浦野　……アハハ……そうか、そりゃそうだよな。ハハハ……。

手紙の入ってる胸のポケットを、ポンポンと慰めるように叩く。

フミ　尾形様のお気持ちを、便りにしたためていただけたらと。お願いできますでしょうか？

浦野　……任せておけ。
フミ　ありがとうございます。お兄様がお優しい方でよかった。
浦野　（引きつり笑いで）ハハハハ、何を今さら（小声で）優しいって言われるのが一番傷つくんだよね。
フミ　え？
浦野　いや別に……。とにかく、願い事はしかと承った。じゃあな！
フミ　さようなら、お気をつけて。

浦野、去りながら一人諳《そら》んじて、

浦野　『私は囁く、お前にまた一度、うつろうものよ、美しさと共に、……滅び行け！』

通信室のラジオから流れる、『椰子の実』（島崎藤村作詞）、先行して。

基地の通信室

頬杖をつき、窓の外をぼんやり眺めている浦野。

尾形が山田を伴って部屋の表に現れて、

尾形　ほら、ここだ。
山田　（津軽訛り）失礼します。（敬礼して）自分は先日、飛行場設営隊に配属になりました山田二等兵であります。内地への手紙は、こちらで受け付けてもらえるのでしょうか。
浦野　（窓外を眺めたまま上の空で）そうだよ。
山田　故郷青森の母に手紙を書きました。検閲をお願いします！

浦野、受け取るが、ポイとその手紙を投げ出す。
机から外れ、床に落ちる手紙。

山田　あ。
浦野　（やる気なく）あとでやっとくよ。悪いけど今、人の手紙なんか読む気にならないんだ。
山田　（悔しいが）では、よろしくお願い致します！（去る）

窓外を眺めたままの浦野。
その背中を睨みつけている尾形。

浦野　……（気付いて驚き）なんだ、まだ何か用か。

尾形　任務怠慢ではないでしょうか?
浦野　……なに?
尾形　手紙の検閲は、あなたの仕事でしょ。
浦野　だからあとでちゃんとやると言っただろ、だいたい若い兵隊は字が汚いし、漢字も間違いだらけで読みづらいんだよ。
尾形　(挑戦的に) 消灯後、月明かりの下で一生懸命手紙を書いた若い兵隊の気持ちも考えてやるのが上官の務めじゃないでしょうか。
浦野　……上官に意見する前に、まず名乗ったらどうだ。
尾形　(ふてぶてしく敬礼し) 第五十六警備隊・テニアン守備隊に配属になった、尾形一等兵であります。
浦野　……尾形?

浦野、近づいて尾形の顔をしげしげと見つめる。

浦野　……確かにいい男だな。
尾形　……はあ?

浦野、おもむろに尾形を抱きしめる。

浦野　尾形！
尾形　（抱かれたまま）はー？
浦野　（もっと抱きしめ）俺は、お前になりたい！
尾形　（慌てて押し退け）やめろ！　俺にはそういう趣味はない！　いかに上官と言えどもふざけたまねをするとただではすまさんぞ。

尾形、浦野の胸ぐらをつかんで締め上げるが、

浦野　……俺は、竹之内フミの兄だ。
尾形　竹之内……？　あ、国民学校の……。
浦野　幼い頃から、兄貴も同然の従兄弟同士だ。
尾形　……

今度は尾形が、浦野を抱きしめる。

尾形　……お兄さん！
浦野　離せ！　誰がお兄さんだ（突き飛ばす）

対峙して睨みあう二人。

浦野　（ケンカ腰に）貴様、妹のこと、どう思ってる。
尾形　（真っ赤になり）どうって……どういうことですか。
浦野　正直に言わねば、ただでは済まんぞ。
尾形　正直に言えば怒るでしょ。
浦野　怒らないから言ってみろ。
尾形　本当ですか？　男に二言はありませんね。
浦野　早く言え！
尾形　自分は、輸送船のデッキで、フミさんに、……一目惚れいたしました！
浦野　……いい加減な気持ちじゃないだろうな。
尾形　違います！
浦野　……妙な下心で妹に近づいたらただでは済まん。
尾形　自分は、本気であります！
浦野　（不機嫌に）……手紙をくれと言ってる。
尾形　手紙？
浦野　恋文だ。
尾形　それは……無理だ。
浦野　なぜ。
尾形　自分は、言葉を知りません。

浦野　ちゃんとしゃべってるじゃないか。

尾形　男ばかりの家で育ったせいか、女性の前に出るとまともにしゃべれません。それに、幼い頃から本も読まず柔道ばかりやっていたので、しゃれた言葉も知りません。年賀状すらまともに書いたことがない始末です。

浦野　……天は二物を与えず、か。

尾形　なんですか？　天ぷらが……ニブツ、煮物？

浦野　……ままならぬもんだな。俺なんか、もうちょっとまともな顔してりゃ、恋心を打ち明ける手紙を書くことぐらい朝飯前なのに。

尾形　自分は朝立ちなら誰にも負けません。

浦野、尾形の胸ぐらを摑む。

浦野　……うらやましい奴め。

浦野、突き放す。

尾形　実は毎朝、夜明け前から痛いほどカチンカチンで、仕方なく自分で……。

浦野　下品な話はやめろ！　そういう『うらやましい』じゃない、そんな話をフミの前でしたらぶち殺すからな。

尾形　だから話はできない、しゃべれないって言ってるではありませんか。

また睨みあう二人。

浦野　……（ハタとひらめき）そうか。
尾形　は？
浦野　その手があったか。
尾形　どの手です？
浦野　二人がかりで恋の主人公になるというのはどうだ？
尾形　……意味がわかりません。
浦野　俺は俺の知恵をお前に貸す、お前はその肉体を俺に貸せ。俺が教えてやる言葉を、そのままオウム返しにフミに言うぐらいのことはできるだろう。俺の言葉を貴様の唇に言わせ、フミにこの思いを伝える。……ああ、なんか燃えてきたぞ。
尾形　ややこしいな、つまり俺は得するんですか？　損するんですか？
浦野　とりあえず、……この手紙を渡せ。

懐から手紙を出す。

尾形　なんですかこれ。

浦野　貴様の手紙だ。貴様がフミに当てた、ありったけの情熱が込められた恋文だ。
尾形　ずいぶん用意がいいですね、いつのまにこんなものを？
浦野　……俺は作家だ。やがてこの戦争が終わったら、人々に夢と生きる希望を与えられるような小説をたくさん書いてやる。
尾形　それにしても、この手紙はいつ書いたんです？
浦野　（ドキ）俺ぐらいになると三度の飯の前に恋文書いて、行き当たりバッタリに女に撒いて歩くんだ。
尾形　そんなでたらめに書いた恋文を読んでも、フミさんは……。
浦野　大丈夫、フミは必ず感動する。この手紙に書かれた言葉の一言一句が必ずフミの心に突き刺さる。
尾形　ちょっと読んでいいですか？（開封しようとする）
浦野　ダメだ。これはフミに当てた手紙なんだから。
尾形　俺の手紙じゃないですか。
浦野　なんで貴様の手紙なんだ？　書いたのは俺で、受け取るのはフミ、お前はただ真ん中に挟まって運ぶだけ。
尾形　やっぱりやめた、損するような気がします。
浦野　損はしないよ、フミはお前が書いたと思って読むんだから。当然お前と恋に落ちるんだ。
尾形　あやしいな、どうしようかな……。
浦野　ない頭で考えるな、後悔はさせない、フミは必ずお前に益々恋焦がれるようになる。

尾形　一つ聞いていいですか？
浦野　なんでも聞いてくれ。
尾形　ひょっとしてあなたも……フミさんのことを？
浦野　（ドキっとするが）誰よりもフミの幸せを願っている。……兄としてな。
尾形　（簡単に納得する）じゃ、協力してやるか。
浦野　そうか、ありがとう、助かるよ。……て、いつの間に俺がお願いする立場になってんだよ。
尾形　まぁまぁ、お兄さん、よろしくお願いしますよ（手を握る）
浦野　放せ！（と振り払い）お兄さんはやめろ。
尾形　じゃあ……おじさん？　おじいさんには、少し早すぎますもんね。
浦野　少しじゃない！
尾形　……冗談ですよ。浦野曹長、よろしくお願いします！
浦野　……今から俺は貴様の影となって寄り添い、貴様の魂となってやる。今日から貴様と俺は、一心同体だ。
尾形　はい！

二人、改めて抱き合う。
唱歌『浜辺の歌』（インストゥルメンタルバージョン）でカットイン。

学校で手紙を読むフミ

フミ　『穢《けが》れと偽りと欺瞞に満ちた
この世界を飛び立てば、心静まる桃源郷があるのです。
怒りと悲しみと苦痛に満ちたこの世界を飛び立てば、
愛溢るる楽園があるのです。
この歌の翼に君を乗せ、遥か彼方、ガンジスのふもとへ参りましょう。
椰子の木陰で疲れた翼を休めるのです。そして二人は愛のひと時を過ごすでしょう。そこで私は、
ひと時の安らかな眠りにつくのです。……こんな例えようもない幸福を、私は毎日夢に見ている
のです』。
（手紙を胸に抱き）この歌の翼に君を乗せ、遥か彼方、ガンジスのふもとへ参りましょう……ど
うしてハイネが好きだと判ったのかしら？　ああ、今すぐにでも会いたい。会って言葉が聞きた
い、お話がしたい。もっともっとあの方のことを知ってみたい……尾形様、今どこで何をしてら
っしゃるの？　ああ、ロミオ、あなたは何故ロミオなの？　うふ。

そこに現れる福田二等兵。

福田　失礼します。

慌てて手紙を後ろ手に隠すフミ。
『浜辺の歌』、カットアウト。

福田　竹之内フミ先生でらっしゃいますね。
フミ　はい……。
福田　自分は、第五十六警備隊・福田二等兵であります。二階堂中尉からの贈り物を届けに参りました。
フミ　……贈り物？
福田　こちらです。

福田、大きなお盆にメロン、煙草、角砂糖・金平糖などを載せて運び込んでくる。

フミ　メロン！　本物のメロンだ！　角砂糖に金平糖もある……でも、どうしてこれを私に？
福田　今夜八時に、中尉のお部屋にいらしていただけないかとのことです。失礼します！

行こうとする福田に、フミ、追いすがり、

フミ　待ってください。何の用かもわからずに部屋に来いと云われても。

福田　……（近づいて、小声で懇願し）今夜来ていただけないと、自分はバッタ棒で半殺しになるまで精神注入されてしまいます。助けると思ってお願いします。
フミ　そんな……。
福田　（離れて、また大声で）失礼します！
フミ　待って下さい！

敬礼して去って行く福田。
メロンを抱えて立ち尽くすフミ。

基地の通信室

一心不乱に浦野が手紙を書いている。考えては書き、「ダメだ」と呟いては破り捨て、また書き始める。
その様子を呆れて見守っている尾形。

尾形　自分の手紙じゃないのに、よくそんなに一生懸命になれますね。
浦野　（便箋に向かいながら）これは俺の手紙だ。
尾形　だけどフミさんは、俺が書いたと思って読むんですよ。

浦野　だが俺が書いた手紙であることに変わりはない。俺は、貴様という肉体を借りて、フミを幸せにする為にこの手紙を書いている。作家として、一人の男として、絶対に妥協はできないんだ。
尾形　難しいんですね、作家さんの考えることは。

尾形は暇を持て余すように、歌を口ずさみながら、肉体訓練を始める。

尾形　♪うさぎ、美味しい、かの山〜♪
浦野　追いし。うさぎ追いし、かの山。
尾形　ええ？　うさぎ美味しいんじゃないんですか？
浦野　お前は本当に物を知らんな。第一うさぎなんか食ったことあるのか？
尾形　ありません。だからこの歌を歌うたびに、いったいどんな味なんだろうって。

尾形、また運動を始める。

浦野　脳味噌まで筋肉になっちまうぞ。
尾形　来るべき決戦の日に備え、体を鍛えておくのは、帝国軍人として当然の務めであります。
浦野　戦闘機や戦車と戦うのに、筋肉鍛えてもしょうがないだろ。
尾形　最終的には、どちらが強い精神を持って戦ったか、勝利に対する執念があったか、その結果が出る日が必ずきます。

浦野　敵に勝つためにはまず敵を知れ。米軍の司令部は毎日のように兵隊にそう伝えている。

尾形、運動をやめて、

尾形　なんでそんなこと知ってるんですか。
浦野　俺は通信兵だ。
尾形　暗号解読してるんですか？
浦野　もちろん我が軍の暗号も米軍に解読されている。
尾形　……畜生、ヤンキーめ、今に思い知らせてやる。
浦野　……お前、アメリカがどれほど広いか知ってるか？
尾形　？
浦野　……世界の地図をきちんと見たことがあるか？
尾形　そんなもの見てもどうなるんです？　地図を勉強したら戦争に勝てるんですか？
浦野　鉄鋼も石油も南方の資源に頼ってる我が国と、自前で賄える米国とでは、資源の量も生産性も違いすぎる。
尾形　我が軍には無敵の連合艦隊があるではありませんか、連合艦隊さえ来てくれれば戦局は一気に。

浦野、尾形の言葉をさえぎるように、世界地図のボードを引っ張り出す。地図には戦局が一目でわかるように赤く塗りつぶされている。

浦野　（地図を指して）連合艦隊は、このミッドウェーでほぼ壊滅した。

尾形　（驚き）そんなバカな、大本営の発表では、空母一隻と艦載機が三〇ほどやられただけで。

浦野　アメリカの発表では、主力空母四隻、巡洋艦二隻、潜水艦二隻、そして二九〇機もの艦載機を撃墜したと。

尾形　大本営より、敵国の情報を信じるとおっしゃるんですか？

浦野　……一隻の船と十隻の船が戦ったら、どちらが勝つと思う？　一機のボロボロの戦闘機と、百機のピカピカの戦闘機が戦ったらどちらが勝つと思う？

尾形　あなたまさか、神の国日本が負けるとでも……？

浦野　……

尾形　たとえ連合艦隊が負けても、空母や戦闘機が無くなっても、我々は戦うのです。勝つまでこの戦いをやめてはいけないのです。弾がなくなれば銃剣がある、銃剣がなくなれば腕で殴ればいい。腕がなくなったら足で蹴ればいい。手も足もなくなったら口で噛み付いてやる。武器弾薬がなくても、食う物がなくても、日本人には大和魂がある。日本は神の国だ。必ず神様が守ってくれる。そうでしょ？

浦野　……

尾形　浦野曹長、答えてください！

浦野　……

浦野　フミがお前と二人きりで会いたいと言ってる、どうする。
尾形　……（若干動揺するが）もうあなたの力は借りません、俺はもう、自分だけの力でフミさんと結ばれて見せます。
浦野　……無理だ。
尾形　無理じゃない！

二人、激しく睨みあう。
小宮山と大久保と山田が、「失礼します！」と手紙を手に入って来て、敬礼。

小宮山　浦野曹長、手紙の検閲をお願いします。
山田・大久保　お願いします！
浦野　ちょっと待て、俺も今大事な手紙を書いてる。
尾形　もう書く必要はない。
浦野　貴様の為に書いてるんじゃない！

三人、「？」と見合わせて、

大久保　……誰宛の手紙でありますか？
浦野　野暮なことを聞くな、いとしの君に決まってるじゃないか。

兵隊達　え〜!?
浦野　え〜ってなんだよ。なあ尾形。
尾形　……（知らん顔で遠ざかる）

そこに永田が、まるで何者かに追われてきたかのように、懐に何かを抱えて駆け込んでくる。
入室した永田、慌てて敬礼する兵隊達も無視で、追っ手がないかドアの外を慎重に窺っている。
兵隊達、離れたところから尾形も「？」と。

大久保　永田曹長、どうしたんでありますか？
永田　しー！……いいか、驚くなよ。大きな声出すなよ。……これを見ろ。

懐に抱えていた、ウィスキーの瓶を見せる。

兵隊達　（大声）おおおおおおお！
永田　大きな声出すなって言ったろ！
山田　ウィスキーじゃないですか！
小宮山　本物でありますか？
永田　ジョニクロの、一二年もの。二階堂中尉の部屋からくすねてきた。
兵隊達　ええええええ!?

永田　大きな声を出すなって。……ついに今日、俺はこの目で見てしまった。
大久保　何をでありますか？
永田　昼過ぎに福田が、中尉の部屋からメロンや煙草を運び出すとこを見た。あれは間違いなく横流しだ。南洋興発の重役にでも売りつけているに違いない。
大久保　まさか、中尉がそんな……。
永田　この目で見たんだ、俺の言うことが信用できないのか？

見合わせる兵隊達。

小宮山　……ひってえなぁ。
山田　オラ達、飲み水もろくにもらえねえで朝から晩まで泥んこになって飛行場作らされてんのに。
永田　だろ、一本ぐらい判りはしない。みんなで飲んじまおう。
浦野　しかし永田……。
永田　それに、（途端に真顔になり）今飲んでおかないと、もう二度と飲めなくなるかもしれないとも思った。
浦野　永田……。

兵隊達……、うつむく。

永田　おい尾形、お前も来い（引っ張って来て輪に加える）
浦野　永田、気持ちは判るが返して来い、もし見つかったら……、なあ尾形。
尾形　……（挑戦的に浦野を睨むと）尾形一等兵いただきます！

尾形がボトルを奪い取ってゴクゴクとラッパ飲み。

浦野　おい、尾形！
永田　尾形、飲みすぎだ、いくらなんでもそんなに！
尾形　プハーッ！　ほっといてください。

と言って、尾形はまたウイスキーを飲む。
若い兵隊達も歓声をあげながら、「いただきます！」とラッパで回し飲み。

浦野　尾形、大丈夫か？

久しぶりに酒を飲んだ尾形、ふらふらし始めて、

尾形　うう……！（と吐き気を）
浦野　おい（支えようとするが）

尾形　（振り払い）大丈夫です（堪えていたが）……うう―ッ！

吐き気を催し便所に走る尾形と鉢合わせするように、フミが入ってくる。

尾形　……！
フミ　……尾形さま。
尾形　（吐き気で）うう……
フミ　お手紙、ありがとうございました。とっても感激いたしましたわ。
尾形　ううう（と必死に堪える）
フミ　尾形様？
尾形　ううううう……（必死に堪える）
フミ　大丈夫ですか？
尾形　明日……。
フミ　明日？
尾形　（吐き気を堪えながら呂律も回らず）うう……ソンソン村の……食堂で……お話が……うう
うう。

尾形、我慢も限界で駆け去って行く。

浦野　おい尾形！
フミ　……（きょとんと立ち尽くし）お兄様、尾形様はいったい。
浦野　フミこそ、いったいどうしてこんなところに……。
フミ　二階堂中尉に呼ばれたんです。
浦野　中尉に？……なぜ？
福田　失礼します！（現れて）ああ、よかった。いらしていただけたんですね。さあ、どうぞ、こちらです。

フミを連れて行こうとするが、

浦野　福田、いったいどういうことだ。
福田　はっ、中尉が、竹之内先生と一杯飲みながらお話しされたいとのことです。
浦野　なんの。
福田　さあ、そこまでは……。
浦野　冗談じゃない、フミは慰安婦でも挺身隊でもない、教師なんだぞ。

そこに二階堂が現れ、全員最敬礼する。

二階堂　竹之内先生。

フミ　はい。

近づいて観察するように見回しながら、

二階堂　間近で拝見すると更にお美しい。若い兵隊達が騒ぐわけだ。はじめまして、海軍第五十六警備隊テニアン守備隊の副司令官、二階堂です。
フミ　（恐縮して）竹之内フミです。
二階堂　先生はお歌がお上手だと聞きました。今夜ぜひ、この二階堂の為に一曲歌っていただけませんか。
浦野　中尉。
二階堂　黙ってろ、俺は今竹之内先生と話しておる（フミの肩を抱き）さあ、行きましょう。そろそろ特上の寿司も届く頃です。
フミ　（立ち止まり）すいません……。
二階堂　？
フミ　お言葉ですが、私は教師です。子供たちのためならいつでも喜んで歌います。ですが……。
二階堂　その子供達の命を守る為、必死に戦う皇軍の指揮官の為には歌えないとでも？
フミ　……。
二階堂　あんた、国民学校で、子供たちに兵隊になるなんてバカらしいと教えてクビになったそうだな。

フミ　私はただ、命の大切さを。

浦野　中尉、フミは自分の幼馴染の従兄弟であります。世間知らずのうぶな娘で、とても中尉の相手など務まりません。今夜のところは、どうかご勘弁願えませんでしょうか。

二階堂　俺はただ、皇民化教育に対する先生のお考えを聞こうと。

浦野　お言葉ですが、教育の心配より、参謀副司令官としての対策をもっと練られたほうが。

二階堂　貴様、曹長の分際で中尉にモノ申す気か？

浦野　自分はただ……。

福田　（何かを見つけて）あれ？

一同　？

福田、ほぼ飲み干されたウィスキーの空き瓶を発見して、手に取り二階堂に、

福田　中尉！

一同　！

二階堂、ボトルを手にしてしげしげと見つめて、

二階堂　……誰だ。

一同　……（うつむく）

二階堂　聞こえなかったか？　この酒を、誰が俺の部屋から持ち出し、飲んだのかと聞いている
んだ。

二階堂、一人ひとりの顔を覗き込むように歩く。

一同　……
二階堂　（小宮山に）貴様、顔が赤いな。
小宮山　……連日の飛行場設営作業で、日に焼けたであります。
二階堂　（大久保に）貴様はなぜ息を止めている。
大久保　あ、……あれ？　呼吸するのを、ついうっかり忘れておりました。
二階堂　永田
永田　はっ
二階堂　さすがに貴様は酒臭くないな。……言え、泥棒の名前を。
永田　……

永田、もう生きた心地がしないほど緊張している。

二階堂　……（永田を見つめ）言え！
永田　……（観念して告白しようとしたその時）

浦野　敵を知り己を知れば、百戦して危うからず。
二階堂　……なに？
浦野　おそらく敵は、このような人を堕落せしめる酒を毎晩ガブガブ飲んでいるものと思われます。敵の弱点を見抜く為にも、一度は敵の嗜好を体験しておくのもよいかと思いまして。もちろん閣下も、そのおつもりで毎晩浴びるほど飲んでらっしゃるんですよね。
二階堂　……なんだと？
浦野　浴びるほど飲んで、千鳥足でピー屋に通っちゃ朝帰りなさってるのは、敵はこんなにも弱くて堕落しているということを身をもって示してくださってるものだと思っておりました。こないだの夜はすっぽんぽんでソンソンの村を練り歩かれたとか。

若い兵隊達、思わず笑いそうになるが必死で堪える。

二階堂　……つまり、貴様が飲んだんだな。
浦野　……はっ！　申し訳ありませんでした。
フミ　ウソでしょ？　お兄様、お酒飲めないじゃない。
二階堂　……永田。
永田　はっ。
二階堂　貴様浦野とは同期だったな。
永田　はっ。

二階堂　連帯責任だ。
永田　はっ、……（半ばホッとして浦野に並びかけるが）
二階堂　浦野を殴れ。
永田　え？
二階堂　誇り高き皇軍兵士から泥棒に成り下がった浦野に、鉄拳制裁を食らわせろ。
永田　……しかし。
二階堂　……しかしなんだ。
永田　……
浦野　永田、頼む。貴重な配給物資を無断で飲んだ俺の根性を叩きなおしてくれ！
二階堂　よく言った浦野。永田、やれ。

永田、戸惑いながら浦野の前に立つ。

フミ　やめてください！
浦野　黙ってろ！
永田　浦野……。
浦野　精神注入を頼む！
フミ　お兄様。
二階堂　さっさとやらんかこらぁ！

永田、奥歯を噛み締めながら、殴る！
顔を背けるフミ。
軍歌『海行かば』カットイン。

二階堂　もう一発！

永田、殴る！
浦野の口元に血が滲む。

二階堂　もう一発！　銃後に控える皇国臣民の怒りの拳だ。

永田、殴る！

二階堂　もう一発！　お国の為に命を捧げた靖国の英霊の拳だ。

永田、殴る！
ついにその場に崩れ落ちる浦野。
二階堂、苦悶の浦野を見下ろして、

二階堂　……恥知らずが。胸クソが悪いわ……、福田、車を回せ、町に出る。
福田　はっ！

二階堂、福田を伴い、去って行く。

フミ　お兄様！（駆け寄る）
永田　浦野！

浦野を抱え起こす。
若い兵士達も「浦野さん」「曹長」と皆駆け寄る。

フミ　大丈夫？　お兄様
永田　（泣きながら）すまない浦野。
浦野　（笑顔で）きいたぞ。
永田　なぜ庇った。なぜ自分ひとりで……。
浦野　戦争が終わって、お前が内地に帰った時、初めて見る父親の顔が、カボチャみたいにへちゃむくれになっていたら、娘が、かわいそうじゃないか。

浦野、気絶する。

フミ　お兄様！

永田　浦野！

兵隊達　曹長！　しっかりしてください！

暗転。

食堂のラジオから流れる音楽『麦と兵隊』が聞こえてきて、

食堂

老店主が今日もラジオに合わせて歌っている。

緊張した面持ちの尾形が入ってくるが、店主は歌いながら会釈するだけ。

尾形、檻の中の熊のように右往左往して落ち着かない。

呑気に歌ってる店主が気になってきて、

尾形　今から人に、大事な人に会う。どっか行っててくれないか。
店主　どっかって？
尾形　どこでもいいから、出て行ってくれ。
店主　ここ、私の店ですよ。
尾形　じゃ、奥で静かにしててくれ。
店主　ご注文は。
尾形　後でする。待ち合わせだと言ってるだろ。
店主　兵隊さん。
尾形　（面倒くさそうに）なんだ。
店主　日本は、……勝つよね？
尾形　当たり前です。
店主　さっき南洋興発の連中が、そろそろ内地に避難したほうがいいってこそこそ話しててね、ヤンキーが島に上陸してきたら、男は殺されて、女は犯されて、子供は焼いて食べられちゃうって。アメリカ人は子供の肉を食うって、本当かね。
尾形　本当です。でもそんなこと絶対にさせません。我々が必ず守ります！
店主　（尾形の手を握り）ありがとう、頼んだよ。
尾形　だから。
店主　？
尾形　奥で静かにしててくれませんか。

店主、渋々去って行く。
少しオシャレをしたフミが入ってくる。

フミ　こんにちは。

尾形　！（と立ち上がる）

近づいていくフミ。

フミ　尾形さま……。

尾形、どうしていいか判らず、いきなりフミを抱きしめようとする。

フミ　（押し退けて）待ってください。

尾形　フミさん（また抱きしめようと）

フミ、小走りに離れテーブルを挟んで尾形と対峙する。

フミ　どうしたのですか？

尾形　……
フミ　お話しましょう、尾形様のこと、もっと知りたいんです。聞かせてください。
尾形　……なにを？
フミ　あなたのことです。お手紙に書かれているのはいつも私のことばかり。今日はあなたのことを、あなた自身の言葉で聞かせていただきたいと思い、ここに参りました。

店の入り口から、こっそり様子を見に来た浦野が、昨日殴られた頬の辺りを摩りながら覗いている。

浦野　（小声で）さあ、どうする尾形……。
尾形　自分は……、あなたが、好きです。
フミ　どんなふうに？
尾形　どんなふうにって（必死に考えて）……かなり。
フミ　かなり？
浦野　（小声で）バカだね……。

二人とも浦野には全く気づかない。

尾形　いや、まあまあ、かな。
フミ　まあまあ？

尾形　クソ、こんな時はどう言えば……
フミ　浮かんだ言葉を、そのままお聞かせ下さい、いつもの手紙のように。
尾形　……（大声で）好きです！
フミ　それはさっき聞きました。ただ大きな声で言われても。
尾形　（虫の鳴くような小声で）好きです。
フミ　え？
尾形　（歌うように）好きです。
浦野　本当バカだね……。
フミ　言い方の問題じゃなくて、中身が問題なんです。どうしたんですか？　お手紙ではあんなにスラスラと、美しい言葉を次から次に……そうだ、ではハイネの詩を聞かせてくださいな。
尾形　ハイネー？
フミ　とぼけないで下さい。『歌の翼に君を乗せ』、尾形様もお好きなんでしょ？
尾形　……（呟いて）見たことも聞いたこともない。
フミ　え？
浦野　見ろ、俺がいなきゃどうにもならない。
フミ　……尾形様。
尾形　……？
フミ　私を……、からかってらっしゃるのね。
尾形　そんな。

フミ　ではなぜ何もしゃべってくださらないのですか？
尾形　それは……だからその……えーっと……。
フミ　……もういいです、私、帰ります！

言い捨てて、席を立つフミ。

尾形　ちょっと待って、フミさん。

その腕を摑む。

フミ　からかってないなら、あの手紙のように言葉をおっしゃってください。

見つめあう二人。

尾形　……（苦し紛れに愛想笑いをする）アハ。
フミ　なんですか、それは。

尾形、何も云えず、いきなりキスしようとする。

フミ　（突き飛ばして）大嫌い！

言い捨てて、駆け去って行くフミ。

尾形　フミさん！

愕然と立ち尽くす尾形。
浦野もざまあみろとばかりに去って行く。
拳を握り締めて立ち尽くしたままの尾形の元に、

店主　（呑気に）あれ、お連れさんは？

尾形　……

尾形、ぶつけようのない怒りで、「おりゃーっ！」と豪快な一本背負いでほうきをぶち壊し、去る。
店主、壊れたほうきを唖然と見つめて、

店主　……あーあ。

基地の通信室（夜）

ヘッドホンを耳に、真剣に電文を打っている浦野の背後に、尾形が亡霊のように現れる。

浦野　（皮肉たっぷりに）どうだった、逢引は。
尾形　……撃沈しました。
浦野　（意地悪く）なぜ？……貴様はそんなに男前なのに。
尾形　……ハイネーって誰ですか？　あと、歌子のツバが飛んできったねー、とかなんとか。
浦野　俺の偉大さに少しは気づいたか？
尾形　……全て終わりです、何もかも……お世話になりました。さようなら。
浦野　……いいのか？　諦め切れるのか？
尾形　そう言われても……
浦野　もう愛してないのか？
尾形　愛してますよ。でもどうにもならないじゃありませんか。
浦野　しっかりしろ、俺とお前は一心同体だと言っただろ？　お前の恋は俺の恋。第一フミの気持ちも考えてやれ。
尾形　フミさんの気持ち？
浦野　そうだよ、一番大事なのはフミの気持ちだ。期待に胸膨らませ、おしゃれして貴様に会いに来て、ばっさり期待を裏切られてトボトボ帰っていったフミの気持ちだよ。可愛そうだとは思わないのか？　今頃は一人泣いているかもしれないぞ。あまりにも突然の悲劇的な恋の結末に涙を流し、嗚咽を漏らしながら、日記に書き記しているかも知れないぞ。そして、その日記帳をパタリと閉じた後、頬をつたう涙をぬぐうことも忘れ、その絶望の淵から這い上がれぬままに、自らの命を絶ってしまおうと、風吹きすさぶ断崖の上に……ああ、悲劇だ、悲しすぎる。もう……俺は……どうしたらいいんだ。

悲痛な顔の浦野の顔をしげしげと見つめる尾形。

尾形　泣いているんですか？　なんであなたが。

浦野、しばし沈黙して考え、

浦野　……よし、行こう。
尾形　どこに？
浦野　フミのこと、まだ好きなんだろ？　諦めきれないんだろ？　だったら俺について来い！

浦野、尾形の手を引いてどんどん出て行く。
夜の海の、波の音が聞こえてくる。

学校のバルコニー下

月明かりに照らされて、浦野と尾形がそこに来る。
一本の椰子の木の下に隠れると、

浦野　……じゃ、いいな。
尾形　何が？
浦野　決まってるだろ。
尾形　……（察して）夜這いですか？
浦野　（小突いて）ぶち殺すぞ。
尾形　（訳が判らず）えー？
浦野　黙って俺の言う通りにしろ。貴様と俺は一心同体だ。
尾形　……わかりました。

浦野、小石を拾って二階の窓に投げる。
窓が開き、ベランダにフミが現れる。

フミ　……？（辺りを）

浦野が尾形に耳打ちする。

フミ　尾形さま……（一瞬ドキッとするが、冷たく）何のご用ですか？
尾形　フミさん、尾形です。
浦野　フミさん、尾形です。

また浦野が尾形に耳打ちする。

浦野　お話があります。
尾形　お話があります。
フミ　今さら何を？　さっきあれほどお話してくださいとお願いしたじゃありませんか……さようなら（行こうとするが）
尾形　待ってください。……（浦野に耳打ちされながら）ケガレと、イツワリと、ギマンに満ちた。
フミ　……！
尾形　この世界を飛び立てば、心静まる……え？……トーゲンキョーがあるのです。
イカリと、カナシミと、クツーに満ちたこの世界を飛び立てば、アイフル？　アイフル？……愛溢れるラクエンが……あるのです。
この歌のツバに、……ツバサに君を乗せ、ハルカカナタ、ガン……ガン？…ガンジスの、ふもとへ参りましょう。
フミ　ハイネの『歌の翼にキミを乗せ』、やっぱり諳んじてらっしゃったのね。でもどうして、そんなに途切れ途切れにおっしゃるのですか？
浦野　（耳打ちする）
尾形　え？
浦野　（耳打ちする）
尾形　ええ？
フミ　じれったい、私、今すぐそちらに参りますわ。
浦野　（とっさに）いけません。
尾形　いけません！
フミ　どうして？
浦野　それはいけません。
尾形　それはいけません。
フミ　どうして二度ずつおっしゃるの？
尾形　（なんと答えていいか判らず、浦野を見る）
フミ　ねえ、どうして下へ降りてはいけないの？
浦野　（尾形と位置を入れ替えると、尾形のふりで階上に向かい）このままお話させてください。

お願いします。
フミ　さっきのあなたとは、まるで声まで別人みたい。
浦野　（咳払いして）そうです。今の私はまるで別人です。それもこの夜の暗さに守られていればこそ、誰はばかることなく本当の自分をさらけ出せるのです。
フミ　……判りました。このままここに居れば、本当のあなたの、嘘偽りのない心の言葉を聞かせていただけるのですね。
浦野　そうです、その通りです。今夜こそ、……今夜こそ、あなたに恋焦がれ続けた思いの全てを、告白させてください。……フミよ。
フミ　？
浦野　ああ、すいません、興奮して、つい呼び捨てにしてしまいました。私はなんてことを……。
フミ　いいんです。お気になさらないで。どうぞ呼び捨てにしてくださいませ。
浦野　……フミよ、……私はあなたに恋してます。愛してます。あなたのことを思う度に、息が詰まりそうに、気が狂いそうに、胸が張り裂けそうになります。朝も昼も夜も、あなたのことを思わぬことはありません。あなたの顔が、あなたの名前が、いつも私の心の中で早鐘のように鳴り続けているのです。そうです、これこそが誠の恋です。私の胸にこみ上げる、この悲しい執念こそが、真実の恋の心なのです。あなたは私の全て、生きる希望、あなたなしでは生きられない。
フミ　尾形さま……。
浦野　ああ……、私はついに、ついに全てをあなたに打ち明けました。そして今、あなたは私の言葉を聴いている。私のことを、あなたが、……夢なら覚めるな！

フミ　……

浦野　……泣いているのですか？　私の言葉を聴いて、涙を流してくださっているのですか？

フミ　……泣いてます。……泣いてますとも、嬉しくて、ただ、本当に嬉しくて。

浦野　死んでもいい！　もう、死んでもいい！　この上にもう何を望むことがありましょう。この無上の喜びの上は、

尾形　接吻！

フミ　え？

浦野　(尾形を睨み、小声で)バカ！

尾形　(更に大きな声で)接吻させて下さい！

浦野　(尾形に小声で)何を言い出す。

尾形　この好機を逃す手はない。

浦野　バカ、黙れ！

フミ　何をひそひそおっしゃってるの？

浦野　申し訳ありません、下品な言葉を口走ってた自分の口を、『バカ、黙れ！』と叱っておりました。

フミ　自分で自分の口を叱っているのですか？

浦野　そうです、(尾形に)尾形の口のバカ野郎！

尾形　(かまわず階上に)お願いします、接吻を！

浦野　貴様尾形の口め、ぶち殺すぞ！

フミ　まだ自分の口と言い争ってらっしゃるの？
浦野　そうです、なかなか言うことを聞かない口で。
尾形　どうしても接吻したいんです！
浦野　いい加減にせんか！　恥知らずが！
尾形　（小声で）いいじゃないか、俺達は一心同体なんでしょ？
浦野　なに？
尾形　俺の体はあなたのもの、俺の接吻はあなたの接吻、違いますか？
浦野　……確かに、それはそうなんだが……

浦野、激しい葛藤……。
階上のフミも同様に迷っていたが、

フミ　……わかりました。
浦野　え？
尾形　え？
フミ　上に。
尾形　上に？
フミ　……上がってきてください。
浦野　（愕然と）フミ……

尾形　（階上に）すぐに！（満面の笑みで浦野に敬礼し）突撃します！　お達者で！

喜び勇んで階上に上っていく。
愕然と立ち尽くす浦野の耳に、フミの歌声が。

フミ　……♪あした浜辺を　さまよえば
昔のことぞ　しのばるる……

二階に降り立った尾形。
決意して、待っていたフミ。
二人、歩み寄り、見つめあう。

フミ　尾形さま……
尾形　フミ……

二人、口づけをかわしていく……。
一人立ち尽くしたままの浦野、呟くように詩を囁いて、

浦野　『歌の翼にキミを乗せ

遥か彼方　ガンジスのふもとへ参りましょう
わたしはすばらしい場所を知っています
静かな月が照らす紅花《べにばな》の園で
生い茂るたくさんの花が
キミを待っています
スミレの花は笑うようにささやいて
無限の星の光を見上げ
バラの花はひそやかに　美しい物語を語るのです
そして二人は愛のひと時を過ごすでしょう
こんな、例えようもない幸福を、私は夢に見るのです』

階上には、いまだ重なり合ったままの、尾形とフミのシルエット。
その下で呆然と立ち尽くす浦野。
遠くから米軍機グラマンが猛スピードで飛来する。
見上げる浦野に向かって、いきなりの機銃攻撃。
空襲警報が鳴り響く中、次々と機銃が発射され、B29からの焼夷弾も落ちてくる。

ナレーション

N『昭和一九年（一九四四年）マーシャル諸島を奪還したアメリカ軍は、日本の掲げる絶対国防圏をあっさり破り、ニューギニアなど南洋の島々を次々と制圧。対する日本兵は、「生きて虜囚《りょしゅう》の辱めを受けず」という戦陣訓の元、次々と玉砕。六月六日、連合国はノルマンディに上陸し、世界大戦のほぼ決するが、精神論に大きく傾いた大本営は、特別攻撃隊を編成の準備を進めた。そしてついに六月一三日、テニアン島からわずか六キロ北のサイパン島への攻撃が始まった』

爆撃音がまた聞こえ始める。

基地の通信室

外の空爆の音が聞こえている室内。
ヘッドホンを当て、慌しく電報を打つ浦野の元に、緊迫した顔の二階堂が入ってくる。

二階堂　まだ返事は来ないのか。

浦野　（直立、敬礼して）武器弾薬と食料を搭載した輸送機五機は、確かに横須賀基地を飛び立っているそうです。
二階堂　なに？　ではなぜ到着しないのだ。
浦野　……おそらく。
二階堂　……五機、全てが撃墜されてしまったというのか。
浦野　……
二階堂　……サイパンが陥落すれば、たちまち米軍はこのテニアンに進軍してくる。このまま地上戦となれば、武器弾薬が持たん。今のままの兵力でどうやって戦えというのだ。
浦野　もう飲み水も、食料も底をついています。
二階堂　バカモン！　水やメシの心配などしてる場合か！

そこに福田が駆け込んでくる。

福田　中尉ーッ！　輸送機が着陸し、物資が届きました！
二階堂　輸送機は何機だ。
福田　一機のみであります！
二階堂　……

「中尉ーッ！」の声に続き、永田、尾形、山田、兵隊達が物資を積んだリヤカーを押してくる。

二階堂　機銃は何丁送られてきた。
永田　はっ、機銃はありません。
二階堂　なに？　じゃ何を送ってくれたんだ。

と、リヤカーにかけられた藁を剝がすと、そこにあったのは竹槍が数十本。

一同　……

二階堂、その竹槍を一本手に取り、

二階堂　……こんなもので、どうやって。

一際激しい爆撃音が聞こえる。

福田　（外に向かい）ヤンキーめ、いい気になりやがって。
二階堂　福田。
福田　はっ！
二階堂　すぐに士官以上を集めろ、作戦会議だ。

福田　了解しました。

二階堂、福田、出て行く。

永田　（浦野に、重く）……いよいよ来たな、来るべき時が。

尾形が竹槍を手に出て行こうとする。

浦野　尾形、どこへ行く。
尾形　……訓練です。
浦野　竹槍で戦うつもりか。
尾形　最低でも十人、いや二十人のヤンキーを道連れに死んでみせます。
浦野　敵は戦車に乗り、火炎放射器も持っている。空からも海からも爆撃されるんだぞ。
尾形　……だから？
浦野　……
尾形　だから！

尾形、出て行く。
全員が黙り込んでしまう。

浦野　……みんな、手紙を書け。
一同　？
浦野　輸送機が内地に向け飛び立つ前に書くんだ。おそらくこれが、……最後の手紙になる。
一同　……

空襲警報が鳴り、爆撃音が激しくなって。
暗転。
音楽、『里の秋』が流れ始める。

基地の一角

山田二等兵が母に当てた手紙を読む。

山田　母ちゃん、元気ですか？　膝の具合はどうですか？　こちらは毎日暑いです。もうすぐ津軽にも、短い夏がやって来るな。膝の具合はどうだ？　僕は毎日、母ちゃんの膝がよくなるように神様にお祈りしています。そしてもし僕が死ぬ日が来たら、僕の丈夫な足を母ちゃんにやって下さいと、一生懸命お祈りしています。母ちゃん、生んでくれてありがとう。僕は母ちゃんの子供に生まれて、母ちゃんのライスカレーも食えたし、うまいりんごも食えたし、本当に幸せでした。できることならもう一度、母ちゃんのライスカレーを食いたかったな。もしも僕が死んでも悲しまないで下さい。たとえ目には見えなくても、僕はいつも母ちゃんの傍にいますから。ずっと傍にいますからね。

大久保二等兵、弟への手紙。

大久保　弟へ

マー坊、元気な便りをありがとう。一生懸命お勉強の由、兄も戦場にて喜んでいる。南の果てとしか言えないが、とにかく暑い。内地はもう、草取りの季節だな。今年の根付けはどうだ。兄の分まで、よく手伝いをするように。自転車の乗り方を教える約束を果たせぬ兄を堪忍してくれ。お前ももう一年生、自転車には充分乗れるはずだ。俺を待つのはやめて、遠慮なく乗ってくれ。自転車も、人の一生も、ただひたすらに前を向いて、前進前進だ。今日は珍しくそよ風が涼しい。故郷の野山を思い出す。目を閉じると、一面に広がる青田が浮かぶ。俺を迎えに、元気にあぜ道を走ってくるマー坊の笑顔が、まるで昨日のことのように蘇ってくる。達者で暮らせ。父母を頼む。

小宮山二等兵、母への手紙。

小宮山　お母さん　お母さんへ
お母さん、お変わりございませんか。
いよいよ決戦の時を迎え、一生がここに定まりました。出征の日にいただだいた手縫いのお守り袋、毎日拝んでます。それだけで不思議と勇気が湧いてくるのです。幾多の先輩たちが「大日本帝国万歳！」と叫んで死んで行きました。でも僕は、「お母さん、お母さん、お母さん！」と叫びたい気持ちで一杯です。最後にひと目お会いしたかったのですが、それも叶いません。白木の箱で帰ったら、よくやったと笑って迎えてやってください。お元気で、サヨウナラ。

永田が、娘と妻への手紙を読む。

永田　未だ見ざりし妙子へ。
妙子ちゃん、この前ようやく母上が、妙子ちゃんの写真を送ってくれました。この写真を見るのを、どれほど楽しみにしていたことか。一日千秋の思いで待っていた妙子ちゃんの顔を、父は、毎日毎日見ています。何度も何度も見ています。妙子ちゃんが父に似ず、かわいらしい子に生まれてくれて、本当によかったです。妙子ちゃんが生まれてからもう三年、一日も早く妙子ちゃんに会いたい、会いたい会いたいと思っていたのに、どうやらその夢は果たせそうにありません。一度でいいから妙子ちゃんに会いたかった。抱っこしてみたかった。手を繋いでみたかった。お話してみたかった。父は、本当に残念です。妙子ちゃんに一度も会うことなく、この世を去って行く父を許してください。だけど父は妙子ちゃんのことが大好きです。世界で一番、大好きです。妙子ちゃんは父の分も、元気に生きて、やさしい女の子になって、早く母を助けてあげてください。お願いしますよ。

二階堂　遺書　息子達へ

昭和に生を受け、国防の第一線に立つこと、天皇陛下の御為に死することは男子の本懐なり。どうかお前たちも、日々体を鍛え、勉学に励み、ゆくゆくは父の遺志を継ぎ、立派に天皇陛下にご奉公すべし。

いつの日かお前たちが父の遺志を継ぎ、必ずや父の仇を粉砕してくれることを信じ、先に逝く。

福田が駆け込んでくる（音楽、カットアウト）。

福田　申し上げます！　米軍はついに、サイパン島全域を制圧。まもなく、このテニアン島に上陸し、総攻撃を仕掛けてくるものと思われます。整列！

一同　……

浦野、永田、尾形、山田、兵士達の前で、二階堂が玉砕に向け訓示する。

二階堂　いよいよ決戦の時が来た。情勢は極めて厳しい。日本はまさに危機である。この危機を救いうるのは、君達だ。本当の戦争は、ここから始まる。今こそ全員が火の玉となって敵に突っ込み、あらゆる手段を持って一人でも多くの敵を倒すのだ。

君達は既に神である。神であるから、もはやくだらん欲望や疑問などないと思うが、もしあるとすれば、果たして自分の死が無駄ではなかったか、それを知りたいだろう。私は断言できる！……君達が勇ましく死ねば、万一この戦争に負けたとしても、日本は決して亡国にはならない。その精神の高さ、強さにおいて遥かに白人を凌駕しうる。無論死ぬことが目的ではないが、各自、必死必殺の信念を胸に、最も効果的に敵を殺し、最も効果的な死を選べ！……靖国で会おう！

若い兵隊達はうつむき、歯を食いしばり泣いている。

二階堂　浦野、木更津基地に電報を頼む、『祖国の安泰と、平和を祈る』

浦野　……打電、完了いたしました！

二階堂　天皇陛下、バンザーイ！

一同　バンザーイ！

二階堂　……死ぬ時は、皆一兵卒だ。

二階堂、中尉の階級章を千切りとって捨てる。

二階堂　構えー！……突撃ーッ！

音楽『蛍の光』オーケストラバージョン、カットイン。

米軍との攻防

容赦ない空からのＢ29の爆撃、グラマンの機銃。海からは艦砲射撃、そして上陸した戦車からの砲撃、歩兵の火炎放射器。

銃弾の雨の中、竹槍と銃剣、手榴弾を手に突撃していく二階堂以下、日本兵達。

若い兵士達は次々機銃に撃たれ、戦車砲に吹っ飛び、火炎放射器に焼かれ、「バンザーイ！」と叫んで命を散らせて行く。

山田二等兵が足を撃たれて転がる。

駆け寄っていく尾形。

山田　痛てえよ、痛てえよ母ちゃん……。

尾形　どうした、大丈夫か⁉

山田　母ちゃん、痛てえよ……。

尾形　立て！　戦え！　貴様は帝国軍人だ！　せめて戦車一台でも道連れに死ぬのが我らの務めだ。

山田　もうダメだ、頼む、殺してけで。
尾形　情けないことを云うな、立て、戦うんだ！

浦野も駆けつけてくる。

浦野　どうした⁉
山田　オラもう立てねえ。死なせてけで、お願げえだ。
尾形　……よしわかった、ならばここで、……自決しろ。

手榴弾を差し出す。

浦野　尾形！
尾形　俺たちは天皇陛下の軍隊、生きて虜囚の辱めを受けず！…できるな。
山田　（号泣しながら受け取り）……はい、やります。ありがとうございます。申し訳ねえ、……申し訳ありません。自決すれば、こんな自分でも英霊になれんのけ？……靖国のお仲間に入れてもらえんのけ？……津軽の母ちゃんも、喜んでくれるかな⁉

山田、自決用の手榴弾を握り締める。

浦野　待て、早まるな！

止めようとする浦野を尾形が制する。

山田　（浦野を押し退け、手榴弾の安全装置を外す）……日本は、西は、こっちですよね。……天皇陛下……、母ちゃんバンザーイ！

浦野　山田！

山田、駆け出しながら、手榴弾のピンを抜き爆死する。

浦野　山田ーッ！　そっちは東だ、アメリカの方だーッ！

呆然と立ち尽くす浦野の横で、尾形が敬礼している。

尾形　山田、……俺も、すぐに行く。

そんな二人の頭上を、またグラマン機が襲来し、尾形が足を撃たれる。

尾形　クッ……！

もんどりうってのたうち回る尾形。

浦野　大丈夫か、しっかりしろ！
尾形　クソッタレ、ヤンキーめ……！

立ち上がって向かおうとするが、浦野が必死に止める。

浦野　尾形！
尾形　行かせて下さい！
浦野　その足じゃ無理だ、一旦引き上げよう。
尾形　行きます！
浦野　いいから来い！

歩けない尾形に肩を貸し、敗走する浦野。
更に激しい爆撃音が炸裂して……。

洞窟の中

外からなお、激しい爆撃音が聞こえ続けている。

浦野が尾形を肩に、荒い息で辿り着く。

浦野　……大丈夫か？　座れるか。

尾形　（苦痛で）だい、じょうぶ、です……

と、暗闇の中で、別のうめき声が聞こえる。

「ううう……！」

浦野・尾形　⁉

浦野　……誰だ、……日本人か。

返事は返ってこない。

浦野　……必勝。

永田の声　……（苦しそうに）神念。

ハッと見合わせる浦野と尾形。

浦野　永田か？
永田　浦野……。

浦野、慌てて闇に駆け、血だらけの永田を引きずって戻ってくる。

尾形　永田曹長……！
永田　（息も絶え絶えに）機銃でわき腹を……貫通だ、もうダメだ。
浦野　何を言ってる、しっかりしろ。
永田　俺はもう、何の役にも立たん、……浦野、介錯を頼む。
浦野　バカなことを言うな。治療してやる、傷を治してもう一度、死ぬ時は三人一緒だ。
永田　……（苦しいうめき声）
浦野　とにかく俺は、水を確保してくる。尾形、永田を頼む。
尾形　了解しました、永田曹長、しっかりして下さい！

永田に寄り添う尾形。
浦野、爆撃の中を駆け出していく。
爆撃音がフェイドアウトしていく。

暗転。

テニアンの丘に、米軍の日本語アナウンス

米兵のアナウンス　戦争は終わりました、日本の兵隊さんは出てきてください。水もあります、煙草もあります、アメリカ人は絶対に皆さんを殺しません。日本の兵隊さん、早く出てきてください。

身をかがめて駆ける浦野。
ダダダダッ、機関銃の音に身を潜める。
音が止むと、また駆け出す。
その耳に、微かに聞こえるフミの歌声、『浜辺の歌』。
浦野、立ち止まり、その歌声に聞き入る……。

民間人収容所

金網の外を眺めながら、フミが歌っている。

フミ　………♪あした浜辺を　さまよえば
　昔のことぞ　しのばるる
　風の音よ　雲のさまよ
　寄する波も　貝の色も……
店主　（近づいてきて）島はもう、完全にアメリカに占領されたそうです、絶対に守らなきゃならない南の防波堤だって言ってたのに、たった一週間で。
フミ　……兵隊さん達は。
店主　生き残った兵隊は、散り散りになってジャングルや洞窟の中に隠れてるようですが、次々見つかって、みんな殺されてるんじゃねえかなぁ。やっぱり日本は負けちまうんですかね（また遠ざかっていく）
フミ　……尾形様。

金網越しに、手紙が投げ込まれる。
気づいたフミが、駆け寄ってそれを拾い上げる。

フミ　（手紙を読んで）『ああ、恋とは苦しみのことだ』
尾形様…。
『ああ、恋とは苦しみのことだ。悩みのことだ。その苦しみや悩みに、さらに幾多の苦痛が、今の私を支配している。生きるべきか、死ぬべきか、その答えを見つけられないまま生きながらえている私の、この胸に』……よかった、生きてらっしゃったのね。ならばどうして会いに来て下さらないの？　大本営の教えはデタラメでした。アメリカ人は紳士です。水も食料も充分に与えてくれます。どうか生き延びて、そして一日も早く会いに来てください。私はあなた様の元気な姿を見たいのです。

洞窟の中

瀕死の永田の看病をしている尾形。
そこに浦野が駆け戻ってくる。

尾形　どこ行ってたんです？
浦野　ちょっと、外の様子を見に。……永田はどうだ？

尾形　……

浦野　クソ、せめて薬が手に入れば……。

尾形　少々の薬が手に入ったところで、水もろくに飲めず、三日に一度でんでん虫か食えるかどうかじゃ……。

永田　浦野……。

浦野　（素早く寄り添い）永田、どうした？

永田　戦争は……終わったのか？

浦野　米軍はそう言ってるが、毎日B29が飛び立っている。

永田　浦野、すまんが背中をかいてくれんか、どうもダニにやられたらしい。

浦野　わかった、どのへんだ？

　　浦野、永田の背中をやさしく掻いてやる。

永田　もうちょっと、下。……あぁ、気持ちいいなぁ……浦野すまないなぁ。

民間人収容所

　　また手紙を読んでいるフミ。

洞窟の中で手紙を書いている浦野が、その詩を口ずさむ。

フミ　『どうして生きながらえているのだろうか。
死ぬのがただ私にはやさしく恐ろしいからに過ぎない。
美しい空、美しい海、誰がそれを見ていたいものか！
どうして生きながらえているのだろうか？　死ぬのがただ私にはやさしく恐ろしいからにすぎない。

捨てて来たあの日々と　愛していたものたちを
私は憎むことを学ばねばならぬ　そうして
私は今こそ激しく生きねばならぬ
君あればこそ』」

※立原道造の詩

不安に押しつぶされそうなフミ……。

フミ　君あればこそ……。

戦況ナレーション

ナレーション①　昭和一九年（一九四四年）、八月一一日。グアム島の守備隊二万人に対し、三〇万のアメリカ軍が来襲。司令官は大本営に対して「我が身をもって、太平洋の防波堤とならん」と訣別の電報を送り、玉砕した。

ナレーション②　同年一〇月二三日、フィリピンのレイテ島沖でアメリカ精鋭艦隊と、日本海軍の総力を結集した残存艦隊が激突。日本軍は、圧倒的戦力差を補うべく、世界史的にも例を見ない神風《しんぷう》特攻を仕掛ける。が、二日間の戦闘で、戦艦三隻、航空母艦四隻、巡洋艦六隻、駆逐艦十一隻、航空機百余機、七五〇〇名以上もの戦死者を出し、連合艦隊は完全に壊滅。

ナレーション③　昭和二〇年（一九四五年）、二月一九日、硫黄島にアメリカ軍が上陸。一月あまりの激しい戦闘ののち、栗林大将以下残存兵が総攻撃をかけ玉砕。二万名以上が戦死。

ナレーション④　三月一〇日、テニアン島から飛び立った三〇〇機を越すＢ29が東京を空襲。焼夷弾四〇万発を落とし、二七万戸が焼失。たった二時間で民間人を含む一〇万人以上が犠牲になる。

ナレーション⑤　四月一日、ついに沖縄本島にアメリカ軍五五万が上陸。

ナレーション⑥　四月七日、不沈と信じられていた戦艦大和が東シナ海にて沈没。

ナレーション⑦　四月三〇日、同盟国ドイツのアドルフ・ヒトラー総統がピストル自殺。

ナレーション⑧　そして七月一六日、アメリカ軍はニューメキシコでマンハッタン計画と名づけられた世界初の新型爆弾の実験に成功する

洞窟の中（夜中）

小さな明かりで、浦野が一心に手紙を書いている。

突然の尾形の声　何を書いてるんです？

浦野　！……（慌てて手紙を裏返し、隠そうとする）

暗闇から、尾形が現れる。

尾形　毎晩毎晩、夜中に起き出して何を書いてるんですか。
浦野　……物語だ。言っただろ、俺は小説家だと。

尾形、浦野が伏せたメモをむしり取って見る。

尾形　……？
浦野　（観念して）フミへの手紙だ、……もちろん、お前からの。
尾形　……フミさん、生きてるんですか？
浦野　……収容所にいる。チューロの、民間人専用収容所だ。
尾形　……いつから知ってたんです？……なぜ、どうして俺には教えてくれなかったんですか？
浦野　……

沈黙を破り、突然永田のうめき声が聞こえる。

永田　うううう……。
浦野　永田！

慌てて駆け寄る浦野、尾形も。

浦野　どうした永田、しっかりしろ！
永田　……（悶え苦しみ）うあああああ……いいいいい……！

暴れる永田を二人がかりで押さえつける。

浦野　永田！
尾形　永田曹長！

永田、気迫で苦しみを堪えながら、

永田　浦野……もし……もしも生きて内地に帰ったら、娘に……伝えてくれないか……。
浦野　何を？……永田、何をだ？
永田　俺は……最後まで…………。
浦野　最後まで？……永田、しっかりしろ……。
永田　最後まで…………。

永田曹長、永眠――。

浦野　永田ーッ！　どうした永田、しっかりしろ！　何を伝えればいいんだ？　永田、永田ーッ！
伝えるぞ、お前は立派な日本人だったと。最後まで勇敢に戦った帝国軍人だったと。

浦野、永田の遺体を抱きしめ、男泣き……。

尾形　……行きましょう。
浦野　……？
尾形　最後にフミさんの顔を一目見て、その足で、玉砕します。
浦野　……ダメだ。
尾形　ダメとは？
浦野　……死ぬな、……生きるんだ
尾形　……なぜですか、永田さんと三人で一緒に死のうって。
浦野　フミのためだ。
尾形　そんな。
浦野　お前が死ねばフミが悲しむ。俺はフミを悲しませたくない。
尾形　……戦友を裏切り、自分だけのうのうと生き延びろとおっしゃるんですか？　そんなことできません！
浦野　……
尾形　臆病風に吹かれたんですね？　フミさんの為でも俺の為でもない。あんたはただ、死ぬのが怖くなった。そうなんでしょ？

浦野　……

尾形、浦野の胸ぐらを摑み、思い切り突き飛ばす！
崩れ落ちても、反論しない浦野。
尾形、浦野を見限り、武器を手に出て行こうとする。

浦野　（その腕を摑み）待て！

尾形　離してください。

浦野　今はダメだ、表に米兵がうようよいる時間だ。

尾形　もうあんたの指図は受けない。あんたは上官であることを、皇軍兵士であることを放棄した負け犬の非国民だ！

尾形、浦野を突き飛ばして出て行く。

浦野　（追いかけて）待て！　尾形！

洞窟から出た瞬間、まぶしい光に照らされる二人。

福田の声　ホールドアップ！

数人の米兵の背後から、銃を構えた福田が現れる。

福田　ホールドアップ！　通信兵なら通じますよね、浦野さん、手を挙げてください、尾形さんもです。
浦野・尾形　……（愕然と）
浦野　……福田。
尾形　福田、貴様……。
福田　（にやりと米兵に）テイク　ゼム

音楽、『アメリカ国歌』が高らかに流れる中、軍人収容所に連行されていく二人。

民間人収容所のフミと店主

一人ぼんやりと、海を眺めて立っているフミの元に、店主が駆けて来る。

店主　先生、……フミ先生！
フミ　？
店主　また敗残兵が捕まって、隣の軍人収容所に連れてこられたそうです。ご存知でしょ、海軍の浦野曹長と尾形一等兵。
フミ　!?
店主　たぶん、明日からハゴイ飛行場の建設を手伝わされることになるでしょう。でもよかった、とにかく生きて国に帰れるんだから。
フミ　……会いたい。
店主　え？
フミ　今すぐ会いたい。どうにかして、会える方法はないの？
店主　そんな、無茶ですよ。
フミ　……

ハゴイ飛行場建設地

重い砂袋を担いで運ぶ浦野、尾形ら、日本兵の列。
現場監督風情の福田がバッタ棒を担ぎ現れて、

福田　グズグズするな！　さっさと運べ！

浦野、尾形ら、足を止めて福田を睨む。

福田　（近づいて）……なんだその目は、文句あるのか？　文句があるなら言ってみろ！

福田、浦野を殴りつける。

尾形　貴様福田、二等兵の分際で、上官を殴るとは何事だ！
福田　今の俺は、収容所のヘッド班長［米兵用語で捕虜のリーダー的存在］だ。
尾形　ちょっと英語が喋れるからって、米兵に媚びへつらって、皇国臣民として恥ずかしくないのか！
福田　皇国臣民？
尾形　一億国民が火の玉となって、神である天皇陛下をお守りする為に戦ってきたんじゃないのか。
福田　その一億の内、三千万人は無理やり日本人にさせられた台湾人と朝鮮人じゃないか。
尾形　なんだと。
福田　俺は、断じて、天皇陛下の子供ではない！

殴りかかろうとする尾形の足元に威嚇発砲する福田。

福田　俺はもう、福田勝年じゃない。

尾形　なに？

福田　この戦争が終わり、祖国が解放されれば、本名の康勝年《カン・スンニョン》に戻る。

尾形　ならば、なぜ志願した。

福田　日本にいれば二言目にはチョーセン人だ。臭い、汚い、国に帰れと差別される。だが軍隊にあるのは階級差別だけだ。俺みたいなチョーセン人でも、偉い人の機嫌さえとってれば、内地よりよっぽどマシな暮らしができる。

尾形　この非国民が！

福田　だから俺は、お前と同じ国の人間じゃないんだって。まだわからんか！　バカ野郎！

バッタ棒で尾形を殴りつける福田。

見かねた浦野が間に入り、福田の胸ぐらを摑む。

浦野　福田！……元は何人だろうと、俺達は長い間同じ釜の飯を食った戦友じゃないか。

浦野の言葉を遮るように、福田がアメリカの雑誌『ライフ誌』を突きつける。

浦野　？
福田　……どこだか判るか？

浦野、手に取り、その表紙をしげしげと見つめる。

浦野　…………これは東京、……本当に東京なのか？

尾形も近づいて見る。

尾形　焼け野原じゃないか……！
福田　アハハハハ……。東京だけじゃない。名古屋も大阪も九州も、日本中が焼け野原だ。まもなくお前たちの国は負ける。そしてアメリカになる。三五年前、俺たちの祖国をまるで強姦するように侵略したお前たち日本人が、今度はアメリカに強姦される番が来た。アハハハハ。

尾形、また福田の胸ぐらを摑んで、

尾形　そんなこと……絶対にさせん！
福田　新型爆弾の出撃はもう誰にも止められん！

尾形　新型爆弾？

福田　アメリカ軍のバーソンズ海軍中尉はこう説明した。

『新型爆弾は長さ三メートル、直径〇・七メートル、重さ約四トン。火薬二万トン分の爆発力は、B29爆撃機四千機分の爆撃に匹敵する破壊力を持つ特殊爆弾である』

尾形　（愕然と）B29の、四千機分だと……？

福田　一発で富士山も楽に吹き飛ばす新型爆弾が落とされれば、人も建物も一瞬にして灰になる。その土地には百年も草が生えないという悪魔の爆弾だ。その新型爆弾を積んだB29エノラゲイが、まもなく飛び立つ。……（指差し）ここから。

浦野・尾形　……！

福田　お前達が必死で補修工事をしている、この滑走路から。

浦野・尾形　……

福田　つまりお前達は、祖国に最後のトドメを刺す飛行機の為に、何ヶ月も、何年もかけてこの滑走路を作り続けたということだ。アハハハハ……。

福田、尾形を突き飛ばし、笑いながら去る。
取り残され、長い滑走路を呆然と見つめる二人。

尾形　俺たちが作ったこの滑走路から、祖国を滅ぼす爆弾を積んだ飛行機が……。

浦野　……だが

尾形　？
浦野　その新型爆弾が落ちれば、……この戦争も、……終わるかもしれん。
尾形　何言ってるんです、銃後の何十万の尊い命はどうなるんです！　内地には俺の親父が、兄貴も弟たちもいるんです。あなただって同じでしょ！
浦野　……生きてもう一度、フミに会いたいと思わないのか。
尾形　それとこれとは話が別です。……冗談じゃない、新型爆弾など落とさせてたまるか。この命にかえても！　新型爆弾を止めてやる、どこだ、どこにあるんだ……。

尾形、新型爆弾を探し求めて歩き出す。

浦野　尾形！

尾形は振り向かずに去って行く。
浦野、追っていく。

暗転。

新型爆弾格納庫の前

米兵のカウントダウン「一〇、九、八、七、……」
不気味な機械音が響き、鉄扉が開く……。
駆けつけた尾形が、愕然と立ち尽くす。

尾形　……!

と、新型爆弾を挟んだ向こう側に、フミが駆けつける。

フミ　尾形様!
尾形　フミさん……!

互いに駆け寄り、対峙する二人。

尾形　どうして、こんなところに……
フミ　収容所の金網を乗り越えて参りました。あなたに会う為に、どうしても、あなたに会いたくて

尾形　バカな……もし米兵に見つかったら。
フミ　私は、やっと気づきました。
尾形　気づいた？
フミ　はい
尾形　何に？
フミ　私の心に。私は愚かでした。本当に愚かな女でした。
尾形　どういうことです？
フミ　私ははじめ、ただあなた様の外見だけをお慕い申しておりました。けれど考えが変わってきたのです。
尾形　どんなふうに？
フミ　姿や形は、時の流れと共に変わってしまう夏の夕日と同じこと。ただ一つ、心の恋だけが、どんなに月日が流れても輝き続けることができるのです。その想いこそが誠の恋。
尾形　誠の恋？
フミ　そうです、あなたが毎日毎日収容所に届けてくださった手紙のお陰で。
尾形　毎日？
フミ　毎日届けてくださったではありませんか。私はあなたの手紙を何度も何度も読み返しました。あなたの心の声を聞き、痛みを知り、美しい心に触れて、私は変わりました。生涯出会うことのない真実の心を知りました。あなたの全てを受け入れたい。
尾形　……

フミ　たとえあなたがいきなり百歳のおじいさんになっても、戦場でお怪我をなされ、どんな醜いお姿になられても、私はあなたを愛します。ひたすらに愛します。今こそ、渾身の力を込めて私は言います。私の全てはあなたのものです！

尾形　フミさん……

見つめあう二人。

フミ　尾形様、どうかこの私を、力の限り抱きしめてやって下さい！

尾形　……

フミ　さあ、早く！

フミ、尾形の前で目を閉じる。

尾形、ゆっくりと手を動かし、フミを抱きしめようとするが……、できない。

尾形　……（頭を抱え）わぁーーっ！

のたうち回る尾形。

フミ　……どうしたのです？

店主の声　先生ー！
二人　？
店主　（駆け出して来て）先生、誰か来ます、隠れてください。早く早く、こっちです。

フミ、後ろ髪を引かれる思いで店主に引っ張られて隠れる。
うつ伏したままの尾形の前に、現れたのは浦野。

浦野　尾形……。
尾形　（地底から呻くように）フミさんが。
浦野　なに？
尾形　彼女は……あなたを愛している。
浦野　……いったい何を。
尾形　フミさんは言った。俺の姿や形ではなく、俺の心だけを愛するようになったと。誠実な心、真実な心に打たれたと。俺は感動した。心ふるえた。だけど、その心とは俺の口や体を通じて表現されたあなたの心だ。フミさんが愛してるのはあなたなんだ。そしてあなたも、フミさんを愛している。
浦野　……いや、それは。
尾形　判ってるんだ。あなたはいつもフミさんのことを考えていた。どんな時もフミさんの幸せだけを願っていた。そうでなきゃ、誰が水も飲まず、食い物も食わずに手紙を書ける、誰が命がけで毎日手紙を届ける。
浦野　……尾形。
尾形　告白してください。フミさんに、今こそ告白するんです。愛していると、今までも、これからもずっと、フミさんただ一人を愛し続けていくと。
浦野　そんな、俺みたいな男が。
尾形　姿かたちは関係ない、年も関係ない、フミさんは確かにそう言ったんだ
浦野　……尾形。
尾形　フミさんを、お願いします。

敬礼して駆け出していく尾形。

浦野　尾形！

入れ違いにフミが駆けてくる。

フミ　お兄様、尾形様は？
浦野　フミ……実はな……。
フミ　？
浦野　実は……。

フミ　なに？　お兄様、はっきり言って
浦野　俺は……。
フミ　……？
浦野　俺は……。

その時、Ｂ29のエンジン音が鳴る。
鉄扉が開き、格納庫の中にあった、銀色に輝く新型爆弾（原爆）の全貌が明らかになる。

浦野　……新型爆弾。
フミ　？

新型爆弾を搭載したＢ29エノラゲイが、ゆっくりと動き出す。
呆然と見守る浦野とフミ。
体中に手榴弾を巻きつけた尾形が、新型爆弾に向かって突っ込んでいく。
「ストーップ！」と数人の米兵の声。

フミ　尾形様！
浦野　尾形ーッ！
尾形　浦野さん、後は、頼んだ。……大日本帝国、バンザーイ！

突撃していく尾形！
が、エノラゲイに辿り着く前に、駆けつけた米兵狙撃隊に撃たれてしまう。
傍らにいた福田も、巻き添えになって死ぬ。

福田　……オモニー！

福田二等兵、永眠。

フミ　尾形様……！

そのショックにめまいがして倒れるフミ。
轟音を残して飛び立っていくエノラゲイ。
倒れた瀕死の尾形に駆け寄る浦野。

浦野　尾形、……尾形、聞こえるか、俺は全てを打ち明けたぞ。それでもフミは言った、私は尾形様を愛していますと。だから死ぬな、死ぬな尾形、俺達は一心同体なんだぞ。お前が死ねば、俺の恋も、命がけの恋も死んでしまうではないか。

尾形　浦野さん……。

浦野は懐にしまっていた手紙を尾形に握らせる。

浦野　フミに渡せ。遺書代わりに書いておいた一世一代の手紙だ。思いのありったけを書き綴った手紙だ。いいか、お前が渡すんだぞ。

尾形　浦野さん、……ありがとう。……フミさんと、日本を、……お願いします。

尾形一等兵、永眠——。

浦野　尾形ーッ！

ふらふらとフミが近づいてくる。

フミ　尾形様……。

ひざまずき、尾形の亡骸にすがる。

フミ　尾形様ーッ！

浦野　……

フミ、尾形の手に握られた血染めの手紙を手に取る。

フミ　……

浦野　……尾形がお前に宛てた、最後の手紙だ。

フミ　……

N　この日、昭和二〇年八月六日、午前二時四五分、テニアン島はハゴイ飛行場を飛び立ったB29エノラ・ゲイは、同八時一五分、爆撃照準点である広島県広島市上空に到着、人類が未だかつて経験したことのない破壊力を持つ新型爆弾を……、投下した。

原爆投下――、閃光に包まれて……。

ゆるやかに暗転しながら、天皇陛下の玉音放送が流れる……。

一九年後（昭和三九年）の東京（夕方）

『明日があるさ』が聞こえてくる。

衆議院候補の二階堂が、タスキを胸に、手を振りながら現れる。

二階堂　ありがとうございます。ご声援、本当にありがとうございます。八月にはいよいよ首都高速道路が完成、一〇月には夢の超特急、新幹線ひかり号も開通予定になっております。しかし何と言っても、東京オリンピック。この素晴らしい平和の祭典を成功させてこそ、日本は真に戦後を脱却したと言えるのではないでしょうか。奥さーん、パーマネント似合ってますよー、お嬢ちゃんカワイイね〜、坊やー、青っ鼻が垂れてるぞー。皆さん、どうかこの二階堂に仕事を下さい、この国の為に働かせてください。二階堂はこの身を粉にしてお国の為に働く覚悟でございます！　二階堂に、どうか清き一票をよろしくお願いいたしま……。

演説を聴く群集の中に、何かを見つける二階堂。

二階堂　浦野……。

傷痍軍人のような姿の浦野が立っている。

秘書　（二階堂に近づき）先生、どうされました？
息子秘書　（も近づいて）お父さん、どうしたの？

秘書　ドロップ舐めます？　それとも、スカッとさわやかコカコーラにしますか。

ドロップの缶とコーラの瓶を差し出すが、

二階堂　あっちへ行ってろ。
秘書　大丈夫ですよ、コーラで骨が溶けるなんてデタラメですって。
二階堂　（一喝し）精神注入されたいのか！

秘書と息子秘書、恐れをなして逃げる。
二階堂、浦野に歩み寄る。
浦野、敬礼をする。

二階堂　（慌てて）やめろ、バカ。
浦野　……お久しぶりでございます、海軍第五十六警備隊。
二階堂　（辺りを憚る）言わなくても判る！
浦野　……覚えていていただけましたか。
二階堂　……貴様、テニアンの兵隊の遺族を捜し歩いてるそうだな。死んだ兵隊の家族に物乞いしながら生き延びてきたのか。
浦野　……

二階堂　なんだその目は、言いたいことがあるなら早く言え。俺は忙しいんだ。
浦野　……
二階堂　……（勝手に激情していき）変わったのは俺じゃないぞ、時代が、この日本が変わったんだ。俺は何も変わってない。毎年靖国に参拝してるし遺族会の集会にも必ず出席している！
浦野　……そうですね。日本は、本当に変わってしまいました。
二階堂　……いくら欲しい、金の無心に来たんだろ？
浦野　自分はただ、偶然ここを通りかかっただけですよ。
二階堂　……よけいなことをしゃべるんじゃないぞ。俺にも立場というものがある。今の俺は、あの頃以上にこの国にとって重要な人間なんだ。
浦野　……
二階堂　（胸ポケットから財布を出すと札を握らせながら）……恵んでやる。消えろ。

浦野、握らされた札をしみじみ見つめ、

浦野　……あの頃は、こんなものより、一杯の水が欲しかった。
二階堂　……

浦野、金を二階堂に返して、

浦野　……お国の為に、がんばって下さい。

二階堂、不機嫌に去る。

『東京五輪音頭』のパレードの音が聞こえてくる。

立ち尽くしたまま、その平和のパレードを見つめている浦野の元に、秘書が近づいてくる。

秘書　（にこやかに）浦野さんでいらっしゃいますね。

浦野　おまえ……。

秘書　……飲みます？　スカッとさわやかコカコーラ

浦野　……

秘書　二階堂先生からの伝言です。

浦野　中尉から？

秘書　……亡霊は、地獄に還れ。

浦野　……？

秘書　……天誅！

突然、体当たりされ、短刀で刺される浦野。

重なり合ったままの二人の耳に『東京五輪音頭』が大きく聞こえ、パレードと共に遠ざかっていく。

童謡『ふるさと』が遠くから聞こえてくる。

浦野　……（苦悶するが穏やかな笑顔を浮かべ）中尉殿に、副司令官閣下にお伝え下さい。我ら海軍第五十六警備隊は、……永田も、尾形も、山田も、大久保も、小宮山も、そしてこの浦野も、来る平和の祭典・東京オリンピックの成功を祈ってますと。……遥か波濤《はとう》の彼方、彼の島より、……心よりお祈りしておりますと。……んッ。

浦野、わき腹に刺さった短刀を抜き、秘書に返す。
秘書は震えながら、ナイフを受け取り、逃げ去る。
コートで傷口を隠すと、震える足で立ちあがって、あてどなく必死に歩き続ける。

浦野　……志を、果たして、
いつの日にか、帰らん……
山は　青き　ふるさと
水は清き……

夕闇から、夜の帳が下りていく。

小学校の庭

チャイムが鳴り、子供たちの「先生さようなら」という声に「気をつけてね」と見送るフミ。

古い木のイスに座り、ハイネの詩集を読みはじめるフミが、おぼつかぬ足でようやくたどりついた浦野に気付く。

フミ　お兄様、よかった、やっぱり来てくださったのね。いつも時間通りに来てくださるお兄様が、今日はなかなかいらっしゃらないから心配しておりましたのよ。……どうかしたのですか？　顔色が悪いようですが。

浦野　……なんでもない。

フミ　今度はどちらにいらしてたんです？　西の方？　それとも南の九州ですか？

浦野　和歌山から京都を抜けて日本海に出て……。

フミ　まあ、今度もまた長旅でしたわね。

浦野　それから北陸の、能登に行ってきた。……尾形の故郷に。

フミ　……！

浦野　……尾形の墓参りをして、ご家族にもご挨拶させてもらったよ。

フミ　そうですか。……もうすぐ命日ですものね。ご家族は？　お元気でしたか？

浦野　ああ、皆さんお元気で……。

浦野の足がふらつく。

慌てて支えるフミ。

フミ　お兄様？

浦野　大丈夫、大丈夫だ。

フミ　……お兄様、やっぱり尾形様のお手紙、ご家族にお返ししたほうがよろしいんでしょうか。

浦野　尾形の手紙？……そんなもの、まだ持っていたのか。

フミ　もちろんです、ほらここに。

手紙を取り出して見つめるフミ。

フミ　すっかり黄色くなってしまったけれど、今でもここに、涙と血の痕が残っています。

浦野　……いつも、持っているのか？

フミ　もちろんです。この手紙は私の命ですから。この手紙があったから、私は今日まで生きてこれたのです。

浦野　……読ませてくれないか？

フミ　……え？

浦野　……読みたいんだ、どうしても。

フミ　……あれから二十年ですものね。判りました。他ならぬお兄様の頼みですもの、天国のあの方もきっと許してくださるわ。
浦野　ありがとう。

手紙を受け取ると、震える手で持ち、見つめる浦野。

浦野　フミよ、さようなら。いよいよ、別れの日が近づいて参りました。
フミ　その声は……。
浦野　満たされぬ愛を心に抱いたまま、私は逝きます。
フミ　……その読み方。
浦野　あなたを見つめる悦びに酔ったこの眼も、二度と再びあの懐かしいあなたの仕草を見ることはできなくなります。
フミ　この声！
浦野　恋人よ、死はいよいよ今宵に迫りたれ。語り足りぬ恋の為に。我が心はいとも重し、我れは死なん、もはや日頃の恋に酔う我が眼の、情けに燃ゆる我が口の、我が心の、……ああ、忘れられぬ面影よ……。
フミ　……よく読めますね、もう真っ暗なのに。
浦野　……真っ暗？

刺された傷のせいで、視界がぼやけている浦野。

フミ　お兄様、まさか目が、……見えてないのですか？
浦野　見えてるよ。しっかり見ているとも、心の目で。
フミ　……お兄様、あなただったのね。
浦野　違う。
フミ　お兄様。
浦野　違う！
フミ　あの夜の、懐かしい、狂おしいお言葉も。
浦野　違うと言ってるだろ。断じて俺ではない、尾形だ。俺はフミに恋などしてない。
フミ　この手紙の……涙の痕も。
浦野　尾形だ！
フミ　どうして？
浦野　俺じゃない、俺はただ……俺はただ……奴の言葉を、覚えているだけだ。
フミ　……（泣きながら）聞かせてください、もう一度。
浦野　……フミよ、……愛するフミよ、いとおしき我が君よ、我が心は叫ばんとす、声を限りに、さらばよと。さらば、我が恋、我が命よ。実に片時も我が心は君を忘れず、この世にもあの世にも、ただ君を恋うるのみ、ただ君を恋うるのみ、我はただ……。

二人とも、泣いている。

フミ　……ごめんなさい、お兄様、私があなたの人生を、狂わせてしまったのですね。

浦野　とんでもない。フミは俺の人生を楽しくしてくれた。豊かにしてくれた。充実した生き甲斐のある人生にしてくれたのだ。フミと出会うまで、俺は女の愛というものを知らずに育った。母も俺を可愛い子供として愛してはくれなかった。物心ついた頃から俺は、俺の顔を見て笑う女の目が恐ろしかった。が、フミと出会い、俺は初めて女の友達を持つことができた。戦争ばかりのすさんだ俺の人生に、たった一つの優しい思い出を残してくれたのはフミ、お前なのだから。

フミ、手を差し伸べる。

フミ　お兄様、フミとずっと一緒にいてください。もう二度とどこへも行かないで。

浦野　それは……できない。

フミ　なぜ？　二人で幸せに暮らしましょう。

浦野　俺は、幸せになれない。なっちゃいけないんだ、絶対に。

フミ　お兄様……。

浦野　あの戦争が……。

フミ　戦争はもうとっくに、二十年も前に終わったではありませんか。

浦野　……終わってない。……終わらない。終わるわけがないのだ、玉砕の島テニアンの悪夢は。……今でも目を閉じればあの地獄のような戦場が。死んでいった幾多の戦友の顔が浮かんでくる。

俺は伝えなきゃならない、俺だけは忘れてはいけないのだ、紙切れ一枚で南方に連れて来られ、遥か南の島で犬のように果て、海に山に散っていった仲間達のことを。己が見事玉砕すれば日本は必ず勝つと信じ、死んでいった同士のことを。……自分が死んだらその足を、足の悪い母親にやってくれと、自決して果てた若い兵士のことを。……弟に自転車を教える約束を果たせぬまま、手榴弾を手に戦車に突っ込んだ兵士のことを。……母上の手縫いのお守りを握り締め、泣きながら果てた兵士のことを。……まだ見ぬ娘の写真を見つめながら、今際の際の言葉すら残せず死んで行った同士がいたことを。俺は、……この俺だけは、命の続く限り語り継いでいかねばならないのだ！

『ふるさと』カットイン。

浦野の脳裏に、死んでいった戦友たちの顔が去来し始める。

足を引きずった山田二等兵の亡霊が、手榴弾を手に現れる。

山田　母ちゃん、夜明け前になったらいよいよ突撃だ。命令で最後の身の回りの整理をしています。肌身離さず持ってた母ちゃんの手紙と写真も全部燃やしました。五円札も十円札も、全部。本当は、金は母ちゃんにあげたかったけど、命令だから仕方ないね。最後の晩飯は、鮭缶に、ピンポン玉みたいに小さな塩むすびが二個だったよ。本当は母ちゃんのライスカレーが食いたかったけど、ここは戦場だから仕方ないね。最後の晩餐には、酒に酔った上官たちが、順番に歌を歌い始めました。誰も軍歌を歌わないよ。みんな故郷の歌を歌ってます。僕の番が来たら母ちゃんから教えて下さった津軽の歌を、力いっぱい歌ってやろうと思ってます。お元気で。大好きな母ちゃん。

浦野　（宙に呼びかけ）山田ーッ！　津軽の母ちゃんに会ってきたぞ！　母ちゃんの足は大丈夫だ。今でもお元気に、日本一のりんご作ってらっしゃったぞ。よかったなぁ。だけどな山田、お前は字がヘタクソ過ぎるぞ、漢字も間違いだらけで、敬語もちゃんと使えないし、『母ちゃんから教えて下さった』ってなんだよ、『母ちゃんに教えていただいた』だろ。もしもう一度生まれ変わったら、しっかり国語の勉強するんだぞー。

全身に包帯を巻いた大久保二等兵の亡霊が、竹槍を手に現れる。

大久保　弟よ、兄は今、右手に手榴弾を握り締め、敵の戦車に向かい匍匐前進を続けている。頭上五〇センチの空間は、敵の狂ったような連続射撃だ。出撃前、撃たれても痛みを感じず死ねるようにと、曹長殿に頼んでモルヒネを注射してもらったが、この注射が驚くほど痛く、「これなら死んだ方がましです」と言ったら殴られた。弟よ、父母を頼む。さらばだ！

浦野　大久保ーッ！　今だから言うが、あの注射、実はただの塩水だったんだ。騙して悪かったな。大久保、和歌山にも行って来たぞ！　お前の話をしたら、父上も母上も喜んでらっしゃったぞ！　弟さんは隣町の自動車工場まで、毎日自転車で通ってらっしゃるそうだぞ。お前が護ろうとした故郷は、美しかったぞー。……やめろ、来るな、もう来ないでくれ。

フミ、ふらつく浦野に駆け寄り、腕を摑む。

フミ　お兄さま、どうしたの？　誰も来てませんよ。

浦野　わかってる、これは亡霊だ、俺にしか見えない亡霊なんだ、（自分に）落ち着け、もう大丈夫だ。

が、杖を着いた、小宮山二等兵の亡霊が、銃剣を手にまた現れる。

小宮山　お母さん、もう丸二日、水を飲んでません。最後にコップ一杯の水を飲めたら、もっと元気に、「お母さん万歳！」と言って死ねるのに、それだけが心残りです。先ほど大隊長殿が死にました。とても駄目です、もう全滅です。ついに連合艦隊は来ませんでした。友軍は何をしてるのでしょう、無敵の戦艦大和さえ来てくれたら、戦局は一気に逆転するはずなのに。かくなる上はお母さん、あなたのお守りだけが頼りです！

浦野、フミを振り払って、また亡霊に叫ぶ。

浦野　小宮山ーッ！　お前の母さんな、今でも毎朝、お前の墓に水をかけてくださってるんだぞ！　水も飲めない南の島で焼き殺されて、どんなに熱かったことだろう、どんなに苦しかったことだろうって、泣きながら、水をかけてくださってるんだぞーッ！

フミ　（すがって）お兄さま!!

浦野　亡霊が、俺を迎えに……、消えうせろ！……ダメだ、もう目がかすんで、……見えない。……夢か？　いや、この闇こそが現実なんだ。

フミ　しっかりして、お兄さま。

浦野　……誰だお前は。

血だらけの永田曹長の亡霊が現れる。

永田　妙子ちゃん、父は今、暗い洞窟の中にいます。ガマガエルやでんでん虫を食べて何とか生きています。目を閉じると、妙子ちゃんの笑顔が浮かんできます。父は妙子ちゃんの笑顔しか知りません。できることなら泣いた顔も、怒った顔も見てみたかったなぁ。妙子ちゃん、元気ですか？　ちゃんと食べてますか？　今はただ、妙子ちゃんが生きていく新しい時代が、自由で夢のある時代になってくれることを祈るばかりです。

浦野　（またフミを振り払い）永田ーッ、妙子ちゃん、べっぴんさんになってたぞーっ。ちっとも馬面じゃなかったぞーっ。いいか永田、聞いて驚くなよ、妙子ちゃん、秋にはお母さんになるんだぞ。お前があの島で流した赤い血は、お前から妙子ちゃんに、妙子ちゃんから生まれてくる新しい命に、しっかり引き継がれていくんだぞーふらつく足でさまよい、宙を睨む浦野。

浦野　……みんな、待たせたな、すぐに行く、やっとお前達のところに行けるぞ、……長い間待たせて本当にすまなかった。

浦野、またバランスを崩して倒れそうになる。

フミ　（支えて）お兄様！

浦野　（宙に）おーい、見えるかー、これが新しい日本だ、自由と平和の日本になったんだぞー！みんな豊かになったぞ、どの家にも冷蔵庫が、洗濯機だってあるんだぞーッ。もうすぐここで、世界中の国の人たちを集めて、平和の祭典、オリンピック大会が始まるんだぞーっ。……お前らにも、……一目見せてやりたかった。（最後の力を振り絞り、叫ぶ）どうだ？　見えたか？　見えたのなら教えてくれーッ！……日本は、これでいいのか？……日本は、大丈夫か？……日本は、いい国になったのか？　お前達の望んだ日本になっているのか？……あとで、ゆっくり、……話そう……な。

崩れ落ちる浦野を、支えようとしたフミ、コートの下の傷口と、血に染まった服に気づく。

フミ　血が……お兄さまッ！　すぐにお医者様を。
浦野　もういい、誰も呼ばないでくれ。呼びに行って帰ってくるまでに、俺はもう……。
フミ　そんな……。
浦野　せめて最後に、あの歌を聞かせてもらいたいと思っていたのだが、それも叶わんか……。
フミ　……うた？
浦野　……いい月夜だ。

『ふるさと』高まって、
浦野曹長、永眠――。

東京の小学校の教壇（数年後）

『ふるさと』ゆるやかにフェイドアウトして。
年を重ねたフミが、あの頃と同じ授業を行っている。

フミ　この歌は、今から五〇年以上も前の、大正三年に作られた歌です。だけど大東亜戦争の最中《さなか》、この歌は、戦地の兵隊さんが見事に敵国を撃退して志を果たし、故郷《ふるさと》に錦を飾りたいという願いを込めて歌った歌だと言った人がいます。……先生はそうは思いません。戦争に勝つということは、たくさんの人の命を奪うということです。そんな志があっていいものでしょうか。人の命は、それが自分のものであっても、他人のものであっても、日本人の命でも外国人の命でも、等しく尊いものなのではないでしょうか。みんなだって、決してお国の為に命を捧げる為に生まれてきたのではないと思います。世界中に暮らす全ての人は、等しくみんな、幸せになるために生まれてきたのです。

二〇年前と同様に、血相を変えた教頭（別人）が駆けつけて、

教頭先生　竹之内先生！

フミ　教頭先生、どうしました？

教頭先生　職員室に、……とうとうカラーテレビが届きました！

フミ　やったー、バンザーイ！

児童達（客席）に向かい、満面の笑みで、

教頭先生　さあ、みんなも一緒にバンザイしましょう。

『カラーテレビ、バンザイ！　バンザイ！　バンザーイ！』

フミのすがすがしい笑顔で。

幕

何日君再来《イツノヒカキミカエル》

登場人物

日向英一郎　……日本の音楽プロデューサー。
玲（リン）　……中国共産党のスパイ。
アキラ　………在日華僑でラーメン屋を営む。本名は陳明（チャン・ミン）。
美華　…………アキラの店で働くウェイトレス。
テレサ　………台湾人の歌手。
劉（リュウ）……台湾マフィア・鬼蜘蛛の首領。
柯（コウ）　……リュウの愛人で、鬼蜘蛛の幹部。
周（ヂョウ）……鬼蜘蛛の幹部。
孫（ソン）　……北京広報社の記者。
青空のぞみ　……歌手。在日韓国人だが、それを隠している。本名リ・スジョン。

二〇一〇年・台湾海峡／豪華客船の上

音楽「イマジン」

日向、一人海を見つめながら話しはじめる。

日向　この世には、歌ってはいけない歌がある。奏でてはいけない曲がある。ジョン・レノンの歌ったイマジンは、これまでに三度その意味を問われたことがある。一度目は一九七一年、イマジンが発表された時。ベトナム戦争が泥沼化していたこの時期に平和の歌を歌ったジョン・レノンは、ＦＢＩにマークされ、アメリカ政府は国外退去命令を出した。二度目はジョン・レノンが死んだ時。いまだにその死の謎は、政府により隠蔽されたままだ。そして三度目は、二〇〇一年九月一一日。アメリカ中がイラクへの報復攻撃へと沸き立つ中、政府はこの歌を放送することを禁じた。そして今……。世界はまだ、その答えを見つけてはいない。

音楽「空港」（インストゥルメント）

船の甲板に設えられた会見場に、演歌歌手青空のぞみが出てくる。

たくさんのテレビ局のレポーターが実況を始める。

レポーター1　あ、いま姿を現しました。リ・スジョンさんです。

レポーター2　ここは台湾海峡に浮かぶ豪華客船、アイランド号の甲板です。ここで今、歴史的な会見が行われようとしています。

カメラマンたちが現われて、一斉にフラッシュがたかれる。

レポーター1　数々のヒット曲を生み出した、日本を代表する音楽プロデューサー日向英一郎氏が、日本の演歌歌手青空のぞみと共に、台湾と中国、そしてアジアをまたにかけた新しい音楽レーベルを立ち上げようというのです。

レポーター2　しかし、船上の華やかなムードとは裏腹に、現地では様々な批判の声が飛び交っています。

台湾人　（のぞみのマイクを奪う）なにしにきた、日本人！

日　向　よせ！

互いにヤジりあう台湾人と中国人たちの姿が見えてくる。

レポーター1　台湾では、今回の新レーベルの発足は、中国による台湾統一の文化戦略であるという、怒りの声が上がっています。

台湾人　台湾は我々台湾人のものだ。共産党員は大陸へ帰れ！
レポーター2　これまで一貫して台湾の領有権を主張し続けてきた中国では、独立するならば戦争も辞さないという声が根強く……。
中国人　どうしても独立するというなら、戦うしかない。
中国人たち　戦争だ！
台湾人　中国に支配されるくらいなら、戦うしかない。
全　員　戦争だ！

やがて、殴り合いのケンカが始まり、大乱闘へと発展していく。
音楽「台湾VS中国」

（中国人：歌）我々こそが中国
（台湾人：歌）我々こそが中国
中国・台湾人たち　（中国語で口々に）ふざけるな！　帰れ帰れ！　勝手なことを言うな！
（中国人：歌）取り返せ　我らの領土を
赤き旗翻せ　台湾の地に
統一こそが中華の未来

（台湾人：歌）台湾は　自由と豊かさの国
　　独立こそが　歴史の必然
　　独立こそが　中華の未来

（中国人：歌）我々こそが中国　（台詞）台湾をよこせ！
（台湾人：歌）我々こそが中国　（台詞）大陸でおとなしくしてろ！
（中国人：歌）我々こそが中国
（台湾人：歌）我々こそが中国
（中国人：歌）我々こそが中国
（台湾人：歌）我々こそが中国

見かねた日向は、仲裁に入る。

日　向　おい、よせ！　やめろ！

（中国人：歌）よこせよこせよこせ台湾
（台湾人：歌）はなせはなせはなせ台湾

日　向　台湾も中国も、どちらも同じ中国人じゃないのか。なぜ戦う、なぜ憎みあう。
（中国人：歌）統一こそが中華の未来
（台湾人：歌）独立こそが中華の未来
（中国人：歌）我々こそが中国
（台湾人：歌）我々こそが中国
（中国人：歌）我々こそが中国
（台湾人：歌）我々こそが中国
日　向　やめてくれ！　台湾人であることと、中国人であることに、どれほどの違いがある。日本人であることと、韓国人であることとにどれほどの違いがある。

それぞれの怒りは、日向に向かい始める。

中国人　日本人が勝手なことを言うな！
台湾人　お前らなにしにきた！
中国人　侵略者をこの国から追い返せ！（日向を突き飛ばす）
（歌）帰れ帰れ帰れ帰れ　小日本（シャオ　リーベン）　（台詞）帰れ！　日本人！

（歌）帰れ帰れ帰れ帰れ　小日本

日向　オレは歌を通じて、全てのアジアの人々の心をつなぎたい。数奇な運命をたどった、この台湾という地で、オレたちは一つであると、それを訴えていきたいんだ。

（歌）帰れ帰れ帰れ帰れ　小日本
（歌）帰れ帰れ帰れ帰れ　小日本
（歌）帰れ帰れ帰れ帰れ　日本人
（歌）帰れ帰れ帰れ帰れ　日本人

中国・台湾人たち　（口々に）追い返せ！　日本人を！　追い出せ！　日本人を！

日向　おい、やめろ！

銃声
群衆の向こうに、玲（リン）の姿が見える。それは幻か……。

日向　……リン⁉

リンは銃を下ろし、去っていく。

日　向　おい、ちょっと待て！
のぞみ　日向さん！
日　向　……いまの見たか。リンだ。リンがそこに……！　あの時と同じだ……。リン！　おい、どこだ、リン！
のぞみ　なにバカなことをいってるの。あれからもう二十年よ。リンさんがいなくなってから、もう二十年。世界はまだ戦争を続けてる。あの日に決着をつけない限り、あなたはどこへも行けない。二度と歌えない。
日　向　行こう、あの場所へ。
のぞみ　日向さん。
日　向　テレサが最後に歌ったあの場所へ。すべてに決着をつけるために。

そして時代は、急速に二十年前へと戻っていく。

一九八八年・台湾／歓楽街

台湾の歓楽街。

一人の日本人がパスポートを奪われ、台湾人のチンピラたちに取り囲まれ、リンチにあっている。

台湾人　（中国語で）貴様！　だれにちょっかい出したか、わかってるのか。ボスの女だぞ。

台湾人　（中国語で）日本人がこの街で台湾人に逆らって、無事に帰れると思うな。

台湾人　（中国語で）おい、立て！

日　向　ちょっと待ってくれよ！　オレほんと、何にも知らなかったんだって。ちょっとかわいい子だなあ、と思って……。

台湾人　（中国語で）日本人じゃねえか。けっこう持ってるぜ。

台湾人　（中国語で）いいカモだな。

台湾人　（中国語で）ボスのところに連れて行け。

台湾人　（日向をつかみ）（中国語で）来い！

日　向　なんだよ、なにいってるか分かんねえんだって！

日向が連れ去られようとした時、周（ヂョウ）と柯（コウ）がマフィア（鬼蜘蛛）たちを引き連れて現われ、取り囲む。

ヂョウ　（中国語で）動くな！

台湾人　（中国語で）鬼蜘蛛だ！

台湾人　（中国語で）逃げろ！

慌てて逃げようとする台湾人たち。
だが、マフィアたちに捕まってしまう。

ギョウ　（中国語で）ここで、仕事はするなといったはずだ。

そこに、マフィアの首領、劉（リュウ）がやってくる。

台湾人　（中国語で）劉大人……。勘弁してくれ。
ギョウ　（中国語で）首領。
リュウ　（中国語で）殺せ。

青竜刀を手にしたギョウ、命令に従い台湾人たちを斬り殺す。

日　向　……！
リュウ　なにしに来た、日本人。
日　向　に、日本語！　助かった……。あんた、日本人か。
リュウ　ハハハ……昔は日本人だった。今は台湾人だ。
日　向　台湾人……。あ、オレ、日本で音楽やってて、レコード会社の新人歌手を探してて、そしたら素晴らしい女性に声かけちゃったみたいで、それで……。
リュウ　さっさと帰れ。死にたくなければな。

日向にパスポートを投げ返す。
音楽「新世界」

日向　……なんなんですか、ここは。
リュウ　ここか？　ここは「シンツゥジェ」。
日向　は？
リュウ　新世界だ。
日向　新世界？
リュウ　アヘンに博打、盗みに殺し、売春宿……なんでもありの不夜城だ。日本人なんかが立ち入れば、まず生きては帰れんぞ。それでもよければ遊んでいけ。
日向　い、いや、オレは……。（独り言で）とんでもないところに来ちまった。
リュウ　通行手形は……

その時、台湾人の一人が起き上がり、リュウに襲いかかる。
が、リュウは驚くでもなく、それを撃ち殺す。

リュウ　お前の「命」だ。

「新世界」のステージで、華やかなショーが始まる。
その回りでは、たくさんの男たちが博打に興じている。
その中に、飲み込まれていく日向。

「新世界」のすべてを見渡せるリュウの部屋に、コウとギョウが姿を現す。

コ　ウ　ロォタァ（首領）
ギョウ　ザマヤン？（どうだ？）
コ　ウ　トォシエンザイイ　チエスゥリー　タンスー　ブョタイホンソン　ヨォ　コンツァンダン
チエンリエ　チャンツァエ　タイワンダン　ショォシー……
リュウ　……お前たち！
二　人　アァ？（はい？）
リュウ　日本語で頼む。観てる人は日本人だ。何を言ってるかさっぱりわからん。
コ　ウ　……。
リュウ　頼む。
コ　ウ　（早口に）いまのところ、すべて順調です。でも油断はできません。共産党のスパイがすでに台湾に潜り込んでるという情報もあります。

リュウ　絶対に奪われてはならん。あれは我ら台湾人の……最終兵器だ。

音楽「京劇」
ステージ上に、京劇の一団があらわれる。
美しい女性たちの舞いが繰り広げられる。

テレサ　「聞こえますか、私の声は。聞こえますか、私の歌は。
私は故郷を遠く離れ、一人暗い闇の中をさまよっています。
どこへ行けばいいのでしょう。何を歌えばいいのでしょう。
まるで水面に映った月のように、捕まえたと思って消えてしまう。
聞こえますか、私の声は。聞こえますか、私の歌は。
私の思いは、もう届かない」

音楽「梅花」
見とれるうち、踊りの輪の中に巻き込まれていく日向。
その輪の中心で、日向はテレサと出会う。

日　向　なんだ、この歌は……。この声……広々とした、河の流れのような……どうしてこんなに
胸に響くんだ。

テレサの歌声に惹きつけられる日向。
その瞬間、銃声が鳴り響く。
逃げまどう店の客達。

日　向　……！

同時に、ステージになだれ込んでくる、中国公安部の工作員たち。

リュウ　くそっ……やはり見つかっていたか。

コウ、リュウに駆け寄って、

コ　ウ　ロォタァ！（首領！）
リュウ　公安部の連中だ。一人残らず殺せ！
コウ　あの子は？
リュウ　連れて行け。やつらに知られてはまずい。
コウ　わかりました。

マフィアたちと工作員たちの銃撃戦が始まり、店内は大混乱となる。

日　向　なんだよ、こりゃ？　こんなのがここじゃ日常茶飯事だってのか？

日向、工作員に取り囲まれる。

工作員（中国語で）兵器はどこだ？　お前たちがこの店に運び込んだはずだ。
日向　お、おい、オレは日本人だ。なに言ってるか分かんねえよ。
工作員　コェソォ！（答えろ！）
日向　待て待て！　あー……ニイハオ？　シェイシェイ、モーマンタイ。

銃声が鳴り響き、日向の目の前でマフィアが倒れていく、

日　向　うわっ！　人が、死んだ！
工作員　（中国語で）奥の楽屋だ！

工作員たち、去っていく。

日　向　勘弁してくれよ……。オレは台湾なんかで死にたかねえぞ。

日向、その隙に逃げ出そうとする。

が、先ほど目の前で倒れたマフィアが、日向を捕まえる。

日　向　おい、なにするんだ、放せ！　放せって！

マフィア　……待ってくれ、日本人。

日　向　日本語……！　お前、日本語しゃべれるのか。

マフィア　頼みを聞いてくれないか。

日　向　頼み⁉　冗談じゃねえ、こんなところにいたら殺されちまう。

マフィア　あの子を連れて逃げてくれ。奴らの手の届かないところまで。日本でも、どこでもいい。

日　向　あの子って……？

その時、かすかな歌声が聞こえてくる。

日　向　歌……？（歌に聴き入る）

マフィア　あの子は、台湾の希望だ。頼む、日本人。

そのとき銃声が響き、マフィアは倒れる。

工作員たち、飛び込んでくる。

工作員　（中国語で）見つかったか？

工作員　（中国語で）いや。

工作員、日向に銃を突きつける。

工作員　（中国語で）こいつは？

工作員　（中国語で）ほっとけ。ただの日本人だ。

工作員たち、死体を引きずって去る。

日向　おい、いったい何が起こってるんだ？　冗談じゃねえぞ！

また同じ歌声が聞こえてくる。

一九八八年・台湾／街角

日向　まだ……。だれだ……？　それにしても、この歌声は……。

歌声の主を探す日向。
やがてその声は、ある倉庫の中から聞こえてくることに気づく。

日向　ここか……？

ゆっくりと倉庫に近づくと、扉に手をかける。
そこに男（男装したリン）が現われ、銃を向ける。

日向　おい、ちょっと待て……！　このパスポートを見ろ！　ほら、日本国って、漢字は読めるんだろう？　オレは日本人なんだ。

じりじりと迫っていく男（リン）。

日向　（パスポートを）よく見ろ、本物だぞ、有楽町のパスポートセンターで一ヶ月も待たされて発行してもらったんだよ。オレは正真正銘の日本人なんだって。

男、パスポートをはじき飛ばし、銃を突きつける。

日向　だからオレは何も知らねえって関係ねえって言ってるだろうが！

日向、逃げようとして、男の人民帽をはじき飛ばす。
すると、その下から現われたのは、美しく長い黒髪。

日向　お前女か！

リン　女は捨てた。

玲（リン）、銃を突きつける。
倉庫から歌が聞こえてくる。

リン　なるほど、ここに隠していたか。

日向　なんのことだ。

リン　しらばっくれるな。（蹴る）台湾は、我が祖国中国を滅ぼす最終兵器を開発したはずだ。

日向　最終兵器？

リンの合図で、銃を持った工作員たちが一斉に現われ、倉庫を取り囲む。

日向　何する気だ。
リン　兵器を奪う。邪魔するものがいれば、排除する。
日向　よせ！　この中には人がいる！　まだ子供の、少女の声だ。
リン　それがどうした。
日向　何とも言えない、いい声してんだよ、こう、心に染み入ってくるっていうか。
リン　関係ない。どんな手段を用いても、目的を遂行する。それが、中国だ。
日向　やめろ！
リン　撃て！

工作員たち、扉にめがけて銃を撃つと、銃弾を受けた扉は、壊れて倒れていく。
その向こうにいたのは、テレサ。
音楽「何日君再来」

好花不常開（よき花、常には咲かず）
好景不常在（よき運命、常にはあらず）
愁堆解笑眉（愁い重なれど、面に微笑み浮かべ）
涙洒相思帯（涙溢れて、ひかれる想い濡らす）

日　向　お前はさっきの。
テレサ　ジョンジードージョン（中止斗争／戦いをやめてください）

工作員たち、銃を構える。

リ　ン　待て。
テレサ　ジョンジードージョン（中止斗争／戦いをやめてください）
リ　ン　（中国語で）この娘が兵器？
工作員　（中国語で）中を探せ！

工作員たち、テレサを突き飛ばして倉庫に入る。
日向、テレサに駆け寄る。

工作員　（出てきて）（中国語で）……ダメです。中には何も。
日　向　この子は、オレが預かる。
リ　ン　なに？
日　向　オレが日本に連れて行く。
リ　ン　日本だと？
日　向　日本でデビューさせるんだよ。（テレサを見て）やっと、やっと見つけたんだ。今度こそ、オレはこいつを……。

リン　兵器はどこだ。どこにある？

日向　なにいってんだ。こんな女の子が、知るわけねえだろ。

リン　日本人は黙ってろ！

リン、日向を蹴る。

工作員たち、日向に銃を突きつける。

リン　こいつは、台湾の重要な軍事機密を握っている可能性がある。渡すわけにはいかん。

日向　たかが女の子一人じゃねえかよ。よってたかってそんなもん（銃）振り回しやがって……。

リン　……私はこれしか信じない。

日向　そんなもん、なんの役にも立たねえって、何十年経ったら、てめえら分かるんだ。

そこに、台湾側のマフィアたちが大勢で襲いかかってくる。

ヂョウ　（中国語で）待て！

工作員　リン　トンヂー！（リン同志！）

リン　鬼蜘蛛か……！

音楽「ウルトラバイオレット」
再び、激しい銃撃戦となる。

リン　（日向に）そいつを離せ！

激しい戦いが続く。
日向はテレサを守る。

日向　さあ、来い。お前はこれから、日本に行くんだ。
テレサ　ニホン……。
日向　そうだ。オレがお前を守ってやる。

テレサの手を取り、逃げていく日向。
マフィアと戦うリン。
やがて戦いが終わる。
リンたち中国側の工作員が去り、マフィアの首領のリュウとコウが残る。

コウ　よろしいのですか？　日本などへ向かわせて。

リュウ　日本は世界で二番目の音楽市場だ。利用価値はある。あとは中国の出方次第。必要になれば、連れ戻せばいい。

一九八八年・北京

中国の高官と部下がいる。

中国・高官　リン……同志。お戻りでしたか。

高官たち、敬礼する。

リン　兵器は存在しなかった。
中国・高官　しかし、情報は確かでした。
リン　ではあの少女が、軍事機密を握っているということか。
中国・高官　最悪でも、台湾に秘密兵器を渡すことだけは避けなければ。
リン　わかっている。兵器の情報を探り出せない時は……始末する。
中国・部下　しかし！

中国・高官　（部下を止める）
リン　……日本に潜入する。

敬礼し、リンを送る二人。
リンの乗ったヘリコプターが、日本へと向かっていく。

一九八八年・日本／ラーメン屋

ラーメン屋の前に、辺りをうかがいながら出てくる日向。

日向　もう大丈夫だ。日本は先進国、法治国家、警察は世界一だからな。それにさすがのあいつらも日本まで追っかけてこねえだろ。

日向、逃げようとするテレサを必死に捕まえながら、

日向　心配すんなって。もし来たって、ちゃんとオレが守ってやるから。
テレサ　（中国語で何かを訴える）

日　向　あーだからよ。ワタシガ、アナタヲ、マモリマス。何語だ、こりゃ。
テレサ　（中国語で繰り返し訴える）
日　向　アキラ。アキラいるか？（テレサに）あ、この店な、オレの友だちがやってるんだ。そいつは中国語分かるから。おい、アキラ！　アキラ！
美　華　どいたどいたどいたどいたーっ！
アキラ　あ、気つけてや！

美華、岡持をもって駆け出していく。
アキラ、鏡とカーペットを抱えて出てくる。

アキラ　（カーペットを敷きながら）あ、日向さん、お久しぶりです。すんません、どうも。
日　向　なんだ、お前、引っ越しでもするのか。
アキラ　いやあ、方位除けでんがな、方位除け。ちょっとでも運気あげたろ思いまして。
日　向　その鏡は？
アキラ　うち、玄関が西でしょ？　お金が逃げてく相なんですよね。せやから鏡で、外から流れ込む悪い気を、パーンて跳ね返したろ思いまして。そして！　金運と相性バッチリの黄色のカーペットですわ。
日　向　……。
アキラ　これ、ホンマですよ。霊験あらたか。これで最近出前の注文、殺到しとるんですわ。

美　華　忙しい忙しい忙しい忙しい！

帰ってきて、店の奥に駆け込んでいく美華。

日　向　あんなのいたか？
アキラ　看板娘のバイトちゃん募集して最近雇ったんですけどね、これがまた愛想はない、プライド高い、気は強い、とまあ三拍子そろったアイドルタレントみたいな性格で。
日　向　アイドルタレントねぇ。
アキラ　で、今日はどないしはりました、プロデューサー？
日　向　いや、実はな。ちょっと頼みがあってよ。
アキラ　来た！　ついに来た！
日　向　なにが。
アキラ　スカウトでしょ？　スカウト、いよいよワシをデビューさせようって話でしょ？
日　向　はあ？
アキラ　しゃあないなあ。ま、ワシも店がありますけど、そこは思い切ってデビューしましょ。

アキラ、ジョンレノンの『イマジン』をド演歌調にこぶしを回しまくり、全力で歌いだす。

アキラ　イムァジン、ふぉぉぉぉ、ザッ、ぺぉぉぉぽぉぉぉ～♪

日　向　断る。
アキラ　ええやないですか。デビューさせてくださいよ。
日　向　お前、それしか歌えねえだろう。
アキラ　今のはチューニングが悪かったんです。もう一度心の耳で聞いて下さい。（また全力で演歌イマジンを歌いだす）

美華、店の奥から顔を出す。

美　華　店長、うるさい。（引っ込む）
日　向　確かに、アイドルタレントっぽいな。
アキラ　でしょ？　ひょっとして、あいつが気の流れを悪くしてるのかな。

アキラ、やっとテレサに気づいて、

アキラ　あ、だれでっか？
日　向　新人だ。
アキラ　新人？　てことは、ワシのライバルやな。お前、名前なんちゅうんや、コラ？
日　向　名前は……。

そこまで言って、名前を知らないことを思いだす。

日　向　通訳してくれ。中国語しか通じないんだ。
アキラ　え？　ああ、はい。（中国語で）君の名前は？
テレサ　……テレサ。
日　向　テレサ……。そうか、お前はテレサって言うのか。
アキラ　今度はどこで拾ってきたんですか。
日　向　台湾だ。
アキラ　台湾!?……うわ、こらアカンわ。
日　向　なんで。
アキラ　台湾から日本は、方位が北東、つまり鬼門ですからね、気をつけないと、人生を大きく狂わせるような事にも……。

また全力で演歌イマジンを歌いだす

日　向　お前はその先知らんのか！
アキラ　悪いんか！　ここしか知らんかったらあかんのか。そんなこと言っとったらね、あんたバチが当たりますよ。（鏡を見て）ほら、罰がきた。罰がきたきたきたきた……日向さんの本命殺は、そこじゃい！

アキラが指さすと、その先にリンが現われる。

アキラ　うわっ！

日向　お、お前！

リン、なにも言わず襲いかかってくる。

リン　（テレサを捕まえて）テレサは、もらってく。

日向　てめえ、待て！

リンがテレサを連れて去ろうとした時、敷いたばかりの黄色のカーペットを踏む。

アキラ　こらーっ！

それを見たアキラ、怒ってカーペットを引っ張る。
不意をつかれ、すっ転ぶリン。
その隙に、テレサを取り戻す日向。

アキラ　なんてことするんだ！　せっかくローンで買ったカーペットを……。お前、金利払ってくれんのか？
日向　えらいぞ、アキラ。
アキラ　なんなんです、あいつ？
日向　わからん。とりあえず逃げるぞ！

日向たち、銃を突きつけられる。

二人　……！
リン　……お前たち、自分がなにをやってるか分かってるのか。
日向　お前こそ、法治国家日本で何をしてるか分かってんのか。
リン　そいつは台湾の組織、鬼蜘蛛の手先だぞ。
日向　鬼蜘蛛？
アキラ　（テレサから飛び退いて）オニグモ⁉
日向　知ってんのか。
アキラ　知ってるも何も……台湾マフィアの……それも最大勢力じゃないですか！（日向をテレサから引き離して）日向さん、いったい何やらかしたんです。
リン　こいつは台湾の重大な軍事機密を握ってる。奴らが日本に来れば、お前も無事ではいられないぞ。

日向　なんだかよく分かんねえけどよ。とにかくオレは、テレサの歌に惚れたんだ。こいつを日本でデビューさせて、みんなにこいつの歌を聴いて欲しいだけなんだよ。

リン　信用できるか！

日向　オレだって、そんなもん振り回すやつの言うことは、信用しないことに決めてんだ。

リン、銃を空に向かって撃つ。

リン　（中国語で）お前は台湾の兵器の機密を握っている。

テレサ　（中国語で）私はなにも知りません。日本も、中国も、私はいやです。早く、台湾に帰りたいです。

日向　アキラ。なんて言ったんだ？

アキラ　なにかの秘密を知ってるとか、知らないとか……。

リン　（銃を向け）（中国語で）もし逃げるなら、殺さなくてはならなくなる。

アキラ　逃げるなら、殺すといってます。

日向　バカ野郎、そんなことさせるか。

テレサ　（中国語で）それでも、私は台湾に戻ります！

逃げ出そうとするテレサ。

アキラ　みんな落ち着け、この歌を聞いて平和の素晴らしさを思いだすんだ。

またド演歌イマジンを歌い出すが、誰も聴いていない。

店の奥から美華が顔を出す。

美華　（出てきて）店長、うるさいって何度言ったらわかるのよ！（リンを見て）あら、お客さん？　店、五時からよ。

リン、今度は美華を捕まえる。

リン　テレサを渡せ。

美華　ちょっと、なにすんのよ！

リン　早くしろ！

アキラ　ちょっと待ってください。そいつは一介のラーメン屋の店員です。殺す価値もない女です！

美華　なんですって⁉

リン　テレサを渡せ。でなきゃ、代わりにこいつが死ぬことになるぞ。

日向　代わり？

美華　だから放せって！

美華、リンを殴って、銃を奪う。

一同　……！

美華　あんたね、こんなおもちゃであたしがビビると思ってんの？　ふざけんじゃないわよ。あぁいったい。

美華、銃を投げ捨てる。

アキラ　うわっ！　うわっ！

銃を取り合う日向、アキラとリン。
ギリギリのところで日向が取り、リンに銃を向ける。

リン　……！

日向　（美華に）お前、えらい。

アキラ　あとで臨時ボーナスやるからな。

美華　え、ほんと？

日向　（リンに）取引をしよう。オレに、二ヶ月いや、一ヶ月くれ。

リン　一ヶ月?
日向　一ヶ月で、オレはこいつをスターにする。それまでオレたちは絶対逃げないし、お前もずっと側にいろ。そうだ、お前はテレサのボディガードに雇ってやる。どうだ?
リン　ふざけるな。テレサ、クォライ!（こっちに来い!）
テレサ　（中国語で）いや!　怖い。
リン　（中国語で）そいつらは日本人だ。日本人を信用するな。
日向　（銃でけん制しながら）おーっと、内緒話しようったって、そうはいかねえぞ。アキラ!　これからこいつが中国語でしゃべったら、一語一句漏らさず通訳しろ!
アキラ　ラジャーッ!
リン　（テレサに）（中国語で）お前、ほんとになにも知らないのか?
アキラ　お前、ほんとになにも知らないのか?
テレサ　（中国語で）知りません。
アキラ　知りません。
リン　（中国語で）台湾の兵器のこともなにも……。
アキラ　台湾の兵器のこともなにも……
テレサ　（中国語で）ほんとになにも知らないんです。ただ歌ってただけなんです。
アキラ　ほんとになにも知らないんです。ただ歌ってただけなんです。
リン　（中国語で）本当か?
アキラ　ほんまに知らんのか?

テレサ　（中国語で）知りません！
アキラ　ほんとになにも知らないの！
日　向　（リンに）信じてくれ、たった一ヶ月のことじゃないか。約束は守る！
リ　ン　……一ヶ月か。
日　向　そうだ。
リ　ン　鬼蜘蛛の連中がきたらどうする。歌ってる最中を狙われたら、守りきれないぞ。
日　向　そのために代わりの人間を立てる。
リ　ン　代わり？
日　向　だから替え玉だよ。テレサには、どっか陰に隠れて歌ってもらう。そこをお前はがっちりガードしとく。で、ステージの上には別のかわいい子を立たせて、口パクで歌ってるふりをするわけだ。これならいいだろ？
アキラ　さすがですね、日向さん。頭いい。
リ　ン　そんな人間がいるのか？　こいつの代わりに、危険な役を引き受けようってやつが。
アキラ　（得意げに）いるんだな、これが。
日　向　お前じゃない。
アキラ　ワシやない。

日向、美華を捕まえて、

日向　こいつだよ。
美華　は？
日向　こいつがテレサの替え玉でデビューする。
美華　（振り払って）なんだよ、お前、突然。あたしがなにやるって？
日向　お前がデビューするんだよ。
美華　ふざけんなよ。勝手に決めるな。
日向　いいじゃねえか、バイトだと思ってさ。かわいい顔して歌ってる振りすりゃいいんだから。

美華、日向を殴る。

美華　どうせあたしはかわいくないですよ。
日向　だれもそんなこと言ってねえじゃねえか。頼むよ。（殴られる）
アキラ　ちょ、ちょ、ちょっと日向さん、本気なんですか？　このブサイクを？　替え玉に？
美華　（殴る）
アキラ　日本じゃこういうのは、ごく一部のマニアにしか受けないと相場が決まってるんですよ。
美華　なんであたしがそんなこと言われなきゃならないんだよ。（殴る）
アキラ　しかもこの態度！　謙虚さのかけらもない。これだからブサイクは……。
美華　なによ、あんた。どうせあたしはブサイクですよ。（膝げり）もう、あったま来た。やってやる。なんだかよく分かんないけど、やってやる。

アキラ　やめとけってお前。
美　華　うるせえ！（蹴り）
日　向　（リンに）どうだ？
リ　ン　……いいだろう。テレサが逃げないというなら、協力してやる。
日　向　（ほっとして）……そうか。テレサ。

呼ばれたテレサ、うなづく。
それを見た日向、リンに握手を求める。

リ　ン　？
日　向　約束だ。オレたちは協力しあう。……そりゃ、お前らにしてみりゃ、日本人なんかと手を組むのは、嫌かもしれないけどよ……。
リ　ン　何人かなんて、関係ない。

握手する二人。

日　向　これでオレたちは、仲間、仲間ってなんて言うんだ？
アキラ　トンバオ……ですかね。
日　向　そうか。それじゃ、オレたちはこれから、トンバオだ。

リン　トンバオ……。

日向　お前、名前は？

リン　……リン。

日向　そうか、リン。

日向、さっき奪った銃をリンに差し出す。

アキラ　日向さん……！

リン　……。

日向　一応、返しとく。

リン、銃を受け取ると、日向に向ける。

リン　知ってるか？　武器を持たない人間に、交渉する権利はない。

リン、引き金を引くが、わざと外す。
動じずに、じっとリンを見ている日向。

リン　が、約束は、約束だ。

リン、銃をしまう。

美華　うそ。あれ、本物だったの？

アキラ　あ。

美華　やっぱ今のなし！　帰る！　帰るーっ！

逃げようとする美華。

日向　お前はこれから、中国人歌手、カトリーヌだ。

美華　え？

日向　よーし、いってみようか！

音楽「今夜かしら　明日かしら」
テレサとともに歌い始める美華。

日向　テレサ、オレはお前を必ず、日本一、いや、アジア一の歌手にしてみせる。これがお前の世界に向けた、第一歩だ。

あなたとまだこのまま　二人でいたい
どこかで花さえ　香っているわ
いつもの道あなたと　回り道して
知らないところへ　ゆきたい私

あなた　あなたの胸に
いつか　いつかは抱かれるの

今夜かしら　明日かしら
今夜かしら　明日かしら　心がさわぐの

わたし　わたしの全て
あなた　あなたのものなのよ

今夜かしら　明日かしら
今夜かしら　明日かしら　心がさわぐの

テレサが陰で歌っている横で、美華は歌手へと変わっていく。
衣装、ヘアメイク、写真撮影などを経て、変貌したその姿は、美しい。

そして舞台はテレビ局の音楽番組に変わる。

一九八八年・日本／テレビ局

テレビ局の音楽番組。
リンとアキラは、離れたところから見ている。
そこは、実はテレサが隠れている場所である。
ディレクター、ＡＤ、入ってくる。

ディレクター　よーし、もういいぞ。おつかれさん。

スタッフたち、美華に駆け寄る。

日　向　ちょ、ちょっと待ってくださいよ。ちゃんと最後まで歌わせてくださいよ。
ディレクター　今週のスポットライト、三人になっちまったんだよ。
日　向　それじゃ、一人二十秒じゃないですか！
ディレクター　だから、流せないもの撮ったってしょうがねえだろ。

美　華　なんだ、お前……。

美華が言いかけた時、日向が止める。

日　向　（小声で）バカ、お前はしゃべるな。中国人の振りしとけって言ったろ。
ディレクター　テレビに映してもらえるだけでもありがたいと思え。
日　向　この前のオンエアもたった二秒ですよ。これじゃあ出てないのといっしょじゃないですか。
ディレクター　のぼせあがるなよ、外人枠が。
美　華　外人枠？
ディレクター　外人枠だろうが！
日　向　（慌てて割って入り）まあまあ、そんなこと言わずに、お願いします。お願いしますよ。

日向、美華に無理やり頭を下げさせる。

ディレクター　デビュー曲で消えるには惜しいケツしてんな。

ディレクター、いやらしい目つきで美華の尻を触る。

美　華　キャッ！　ナニスンノ、シャチョサン！

ディレクター　来週にはトップテンにいれてやる。あとはお前にその気があるかどうかだ。
日向　（ボソッと）きったねえ野郎だ。
ディレクター　大したことじゃねえだろう。パンツを脱いでオレの部屋に来ればいいだけだ。それで来週には、一躍大スターだ。

日向、美華をかばうように立ちふさがって、

日向　いや、すいませんね。ありがたい話なんですけど、また今度ということで。

日向、美華を連れて去ろうとする。

ディレクター　お前もさ、歌はなんでもいいからせめてもうちょっと色つけろ。ボケッと歌ってるだけじゃなくって、なんかあるだろ。台湾出身なんだから、バックでジャッキー・チェンみたいな派手なアクションやるとかさ。
日向　ジャッキー・チェンは香港です。
ディレクター　なんでもいいんだよ、要は視聴者の目を奪えりゃいいんだ。チャイナドレスの女たちズラーッとバックで踊らせるってのはどうだ？　あ、それじゃ、本人がもっと目立たなくなっちゃうか。
美華　コロスヨ、シャチョサン！

日向　（美華を押さえて）……やったらオンエアしてくれるんですね。

ディレクター　面白けりゃなんでもオンエア。テレビ局は視聴率が命。

日向　だったらやりましょう。ジャッキー・チェンに、チャイナドレス。準備しました。

ディレクター　おいおい！　いきなりそんな、なに言ってんだ。ジャッキー・チェンがどこにいるんだよ。

日向　ここにいます。

ディレクター　え？

日向　オレがやります。

スタッフたち　え!?

ディレクター　チャイナドレスの女は？

日向　おい、リン！

離れて様子を見ていたリン、突然声をかけられて驚く。

リン　なんだよ。

日向　お前、チャイナドレス着てこい。

リン　はあ？

日向　いいから着てこいって。お前がチャイナ服でこう思いっきり脚あげてアクションやったらお前、いいぞ～！

リン、日向に蹴りをいれる。

リン　殺すぞ、お前。

ディレクター　いいな。

リン　は？

ディレクター　いいな、それ。お前、それいけるよ。おい、衣装すぐ用意しろ。思いっきりスリットの入ったチャイナ服だ。なんかあっただろ。すぐに持ってこい！

リン　おい、ちょっと待て。だれもやるなんて言ってない。

日向　頼むよ、協力するって言ったじゃん。

リン　それとこれとは話が別だ。

スタッフたち、駆け寄ってきてリンを強引に連れ去っていく。

リン　ちょちょっと待てって。……おい！

連れ去られるリン。

ディレクター　えらい美人を連れてるじゃないか。

日　向　（驚いて）美人？

ディレクター　あいつ、パンツを脱いでオレの部屋に来るように言っとけ。そしたらいくらでも枠とってやる。

日　向　殺されますよ。

ディレクター　へえ？

日　向　いや、なんでもない。それより、良かったらちゃんと使ってくださいよ。

ディレクター　だれにもの言ってんだ。……おい、すぐ本番行くぞ。カメラ準備しとけ！

ディレクターたち、本番の用意のため去る。

アキラ、寄ってきて、

アキラ　ちょっと、大丈夫なんでっか、あれ？

美　華　あんたが殺されるよ。

日　向　いいからお前は黙って、パクやってろ。

美　華　なんだよ、その言い方。

日　向　歌ってんのがお前じゃないってバレたら、おしまいなんだぞ。

美　華　やってられっかよ。面倒くせえ。

日　向　ちょっと待てって！

美華、去ろうとする。
その時、隠れていたテレサ、顔を出す。
歌が終わったので、出ていいのかいけないのか分からなくなったらしい。

テレサ　（中国語で）もう終わりですか？
日　向　あ、おい！　まだだ！　もう一回、もう一回だけ歌ってくれ。
アキラ　（中国語で）テレサ！　中に入って！

そこにディレクター、戻ってくる。
あわててテレサを隠す日向たち。

ディレクター　ハイ、じゃ行くよ。なにしてんの。さっさとセットに入る！
日　向　行くって、リンは？
ディレクター　あの子なら、とっくに準備できてるよ。ほら！

音楽が鳴り、カトリーヌのステージがはじまる。
バックで激しいアクションを見せる日向とリン。
音楽「愛人」ユーロビートバージョン

あなたが好きだから　それでいいのよ
たとえ一緒に街を　歩けなくても
この部屋にいつも　帰ってくれたら
私は待つ身の　女でいいの

尽くして　泣きぬれて　そして愛されて
時がふたりを　離さぬように
見つめて　寄りそって　そしてだきしめて
このまま　あなたの胸で暮らしたい

尽くして　泣きぬれて　そして愛されて
明日がふたりを　こわさぬように
離れて　恋しくて　そして会いたくて
このまま　あなたの胸で眠りたい

ディレクター（声）　よーし、ＯＫ！
日　向　リン！　お前、やるじゃねえか！

日向、リンに駆け寄るが、また蹴られる。

二人がもめている間に、アキラ、テレサを隠れ場所から連れ出す。

日向　（おびえて）いや、ちょっと待て。落ち着け。

リン　お前はどうやら、本気で命がいらないらしいな。

日向　（必死にごまかして）なに言ってんだ、お前、いいよ。才能あるよ。テレサの後は、お前がデビューしないか？

リン　言いたいことはそれだけか？

日向　（わざとらしく）うわっ！　まずい！　人がきた！

リン　ちっ。

リンが日向に襲いかかろうとした時、青空のぞみのテーマ曲「空港」が流れ、のぞみが付き人を連れて現われる。

イントロの流れる中、司会者風の男が登場し、語りはじめる。

男　あの日、あなたが見た夢は、遠い故郷の記憶だったのでしょうか。今宵も青空のぞみが、あなたの涙の雨をはらします。それでは、はりきってどうぞ。

音楽、止まる。

のぞみ　いつまで待たせる気？
ディレクター　あー、のぞみさん、すいません。
ＡＤ　すいません！
ディレクター　あれ、でもまだのぞみさんの収録時間になってませんよ。

のぞみ、ディレクターの頬を張る。

美華　（小声で）あれが青空のぞみ？
アキラ　（小声で）さすが今週のトップ一や。スーパーのビニール袋までブランドやで。
日向　のぞみ……。
のぞみ　（日向に気づかず）誰のお陰で数字取れてると思ってんの。
ディレクター　すいません。
ＡＤ　すいません！
のぞみ　あんたらサラリーマンと違って、こっちは命削ってステージに立ってんのよ。
ディレクター　すぐに準備します、五分だけ時間ください。
のぞみ　三分。
ディレクター　三分？　いや、いくらなんでも。

のぞみ、また頬を張る。

のぞみ　でなきゃあんたがこの番組降りて。
美　華　（小声で）降りろ、降りろ！
ディレクター　勘弁してくださいよ青空さん、あちこち根回しして、やっと制作に戻って来れたんですから。
のぞみ　また毎晩スポンサーと電通マン連れて、メイドキャバクラとノーパンしゃぶしゃぶはしごできるわよ。あんた接待でソープランド行っちゃ焼肉屋の領収書もらって落としてたんだったね。
アキラ　……ええなあ。
ディレクター　もう勘弁してくださいよ。

のぞみ、日向たちに気づいて、

のぞみ　日向さん。
ディレクター　すいません。こいつがわがまま言ったもんですから。
のぞみ　この人んとこの撮影だったの？
ディレクター　とにかくすぐにスタンバイしますんで。五分きっかりで収録再開ってことで。
のぞみ　もういいわ、休憩にして。
ディレクター　え？
のぞみ　収録は一時間休憩、わかったらとっとと行って！

ディレクター　でも……

のぞみ　あんたがあちこちのプロダクションにたかって、ジャガー買った話バラすわよ！

ディレクター　はい、すいません！

ディレクター、走って去る。

日　向　大物になったな。

のぞみ　おかげさまで。

日　向　レコード大賞とって、今年はいよいよ紅白出場か。

のぞみ　私といれば、あなたも今ごろ大物プロデューサーだったのに。

日　向　そうかもしれんな。……お前は後悔してないのか？

のぞみ　なにを？

日　向　……。

のぞみ　あなたと別れたこと？　それとも、名前を変えたこと？

日　向　お前なら、本名のままでもじゅうぶん……。

のぞみ　（鼻で笑って）まだそんなこと言ってんの？　あいかわらずね。

日　向　それにしても、青空のぞみはねえだろ。

のぞみ　なんだっていいのよ。芸名なんて所詮は記号なんだから。

日　向　日本人としての記号か？

のぞみ　別に私だけじゃないでしょ。みーんな隠してるじゃない、プロ野球選手も、政治家も、日本人のふりして生きてんじゃない。紅白歌合戦だって、私ら在日がいなかったら、赤組も白組も成り立たないじゃない。

日　向　のぞみ、お前は韓国の誇りを忘れたのか。

のぞみ　青空のぞみは日本人よ！

日　向　いくら名前を変えようが、日本人としてデビューしようが、それは変わらん。

のぞみ　だったらあのまま、キャバレーの酔っ払いのハゲちゃびん相手に歌ってた方がましだったって事？

日　向　そうじゃない。

のぞみ　韓国人の歌う歌はヒットしない。どんなに歌っても認められない。それが日本の芸能界でしょ。

日　向　だからオレは、その日本の芸能界を変えてやりたかったんだよ。日本で韓国人が、韓国人として歌を歌う。そのことに意味があったのに。

のぞみ　ふざけないで！　そんな叶いもしない夢を追いかけて、犠牲になったのはだれよ。どんなに歌いたくても、呼ばれるのは安っぽいキャバレーばかり。それでも笑顔で歌ったわ。酔っ払いのハゲちゃびんの相手をして、一枚一枚レコード買ってもらって……その帰り道、渡したばかりのレコードが道端に捨ててあるのを見た。日本人は、韓国人の、リ・スジョンの歌なんて聴く気もなかったのよ。これ、あたしのひがみかな。ねえ、ひがみかな。

日　向　スジョン……。

のぞみ　呼ばないで!……もう、その名前は捨てたの。
日　向　お前なら、できたはずだ。在日韓国人としての誇りを胸に、この国で暮らす全ての人の心に届く歌を歌うことが。
のぞみ　今の私は、青空のぞみ。日本のトップスターよ。

音楽「空港」

のぞみ　勘違いしないでね。私は何一つ後悔してない。もし私が今、あのキャバレーに行ったら、あのハゲちゃびんども、ビックリするでしょうね。まさか、あの女がって……ざまあみろよ。

なにも知らずに　あなたは言ったわ
たまにはひとりの　旅もいいよと
愛は誰にも　負けないけれど
別れることが　二人のためよ
どうぞ帰って　あの人のもとへ
私はひとり　去ってゆく

安キャバレーのステージ

安キャバレーの小さなステージ。
やがてのぞみの姿は美華と入れ替わっていく。
日向はのぞみに語りかける。

日向　スジョン……それじゃお前は、どこに帰るんだ。国を捨てて、自分を捨てて……。そりゃたしかに、今の日本じゃ、日本人でいた方が何かと都合がいい。でも……。

（テレサの歌）
雨の空港　デッキにたたずみ
手をふるあなた　見えなくなるわ
どうぞ帰って　あの人のもとへ
私はひとり　去ってゆく

歌いながら日向に別れを告げるのぞみ。

警官　がさ入れだ！

その時、警官たちが現われ、テレサを捕まえる。
普通の警官とは少し様子が違う。

警官　いたぞ！

日向　テレサ！

テレサ（中国語で）どうして捕まえるんです。放して！

アキラ　なんだ、お前ら！　何のつもりだ！

職員　私たちは、入国管理局のものです。

日向　入管？　入管が、テレサにいったいなんの用だ。

職員　彼女には、偽造パスポートを使用した容疑がかかっています。

日向　偽造パスポート⁉

警官　抵抗すれば、あなた方も公務執行妨害で逮捕することになります。大人しくお引き取りください。

警官　連れて行け！

職員たち、テレサを連れて行く。

日向　おい、待て！

日向たち、追いかけていく。

一九八八年・台湾／マフィアのアジト

コ　ウ　作戦は成功です。数日中にも、テレサは台湾に強制送還されます。
リュウ　そうか。……念のため、日本政府にも圧力をかけておけ。
コ　ウ　了解しました。

ギョウ、美華の曲をかける。
ビデオに写っているのは美華。

リュウ　……なるほど、確かにテレサの歌だな。
コ　ウ　歌っているのは別の日本人……。カトリーヌと名乗って中国人の振りをしていますが、あれは間違いなく日本人です。
リュウ　ふん、面倒なことを考えたものだ。兵器の秘密には気づかれてないいんだろうな?
コ　ウ　気づいていたら、こんなことにはなっていないはず。

リュウ、立ち上がり、何事かに気付き、ビデオを止める。

コウ　どちらへ？

リュウ　日本へ行く。

コウ　日本へ？　なんのために？

リュウ　テレサの横で踊っていたドレスの女、どこかで見た覚えがある。

コウ　？

リュウ　動ける奴をかき集めろ。日本でケリをつける。

リュウ、コウ、ヂョウ、去る。

一九八八年・日本／ラーメン屋

日向、リン、美華が、暗い顔で集まっている。
アキラ、電話をしているが、それを置いて戻ってくる。

アキラ　……ダメですね。テレサのパスポートは、確かに偽造だったみたいです。

日向　いったいなんでテレサが。……なあ、リン。これは例のマフィアの仕業じゃないのか？
リン　お前たち、今、台湾がどういう情勢にあるか知らないのか？
美華　（リンにつめ寄って）知らないわよ。
日向　（美華を引き戻して）すいません。ごめんなさい。説明してください。
リン　中華人民共和国が中国大陸の主権を握った事で、台湾はいま、国際的に孤立しつつある。先頃、アメリカに続いて、日本も台湾との国交を断絶した。それがどういう事か分かるか？
日向　わかるな。
美華　わっかんね。
リン　国際連合は台湾を国として認めていない。
美華・アキラ　ええ？
リン　いま台湾は国ですらないんだ。
日向　（適当に）ああ、国際連合がね。
美華　ほんとに分かってんの？
日向　うるせえ。
リン　そのような情勢では、台湾人が外国に出るのは簡単な事じゃない。数多くの手続きがあって、最低でも二ヶ月、長ければ一年かかることもある。
アキラ　そのために、「もう一つのパスポート」が必要やったんや。
日向　もう一つのパスポート？
リン　テレサは、インドネシアのパスポートを使っていた。おそらく、台湾マフィアが手を回して作ったものだろう。それがあれば、面倒な手続きなく、出入国できる。
日向　……確かに簡単に日本に入れたな。
美華　要するにさ、台湾のパスポートじゃ面倒だから、他の国のを使って楽しちゃったってこと？
リン　ま、そういうことだな。
美華　それはズルだろ。
日向・アキラ　捕まってもしょうがないね。
リン　（銃を抜いて）覚悟を決めろ。
日向　覚悟？
リン　入管に踏み込む。
美華・アキラ　ちょっと！
日向　おまえ、それはちょっと……覚悟決めすぎじゃないか？
リン　……そうか。なら好きにしろ。

リン、一人で行こうとする。
日向、それを止めて、

日向　ちょ、ちょっと待てって！　こういう場合、とりあえず大使館にかけあうとか、法務省に届けを出すとか、なんか他に方法あるだろう。

アキラ　そうですよ。なんでもケンカ売ればええってもんやないでしょう。
リン　お前らがどうしようと勝手だが、私はテレサが台湾に連れ戻されるのを黙って見ている気はない。
日向　それはオレだって同じだよ。
リン　いいか、どのような手段にせよ、テレサを日本に引き止めた時点で、奴らは動く。そして今度は……こいつ（銃）を持ってくる。
日向　戦うしかないって事か。
美華・アキラ　（顔を見合わせる）
リン　ここを一歩踏み出した時から国際紛争のまっただ中だ。もう後には引けない。
日向　……。
リン　戦うか、逃げるか……。選ぶのはお前だ。

しばし、にらみ合う二人。
日向、意を決して、

日向　とりあえず外資の終身医療保険ぐらい入った方がいいかな？　医師の診断書も要らないし、月々二八〇〇円ぐらいなんだろ？
アキラ　実際病気になった時は、なんだかんだ言って全然払ってくれないらしいスよ。
日向　ええ!?　そうなの？

美華　都民共済か、ＪＡ共済もいいんじゃない？
日向　やっぱ最終的に頼りになるのは農協か。リン、お前も一緒に入っとくだろ？
リン　……（日向を殴る）。
日向　冗談だよ。行くに決まってんだろ。

日向、微笑んで、

日向　……オレはよ、ただあいつの歌が好きなだけなんだよ。テレサの歌はまるで……河の流れのようだ。広く、大きく、そして優しく……どこまでも果てしなく流れていく。人はみな、その流れに集い、笑いあい、共に生きる。テレサの歌は、オレの希望なんだ。
リン　いい度胸だ。
日向　さあ行こう。テレサを助けに。

美華とアキラ、口をそろえて、

美華・アキラ　がんばって！
日向　お前らもだ！
美華・アキラ　ええ〜っ！

音楽「入管潜入」
四人は入国管理局へと忍び込んでいく。
舞台上には、牢屋の様なセットが現れる。

一九八八年・日本／入国管理局・留置所

留置所の雑居房に入っているテレサ。
四人、中に入ってくる。

日　向　テレサ！　大丈夫か？
テレサ　（中国語で何か訴えている）

日向たち、テレサを助け出す。
まわりを見ると、部屋の中には、本格的な録音機器と集音マイクがある。

アキラ　……なんだ、これ。まるでスタジオじゃないか。
美　華　……これからあたしたちもここで録音する？

アキラ　お前も中国に強制送還されるぞ。
美　華　あたし、日本人だもん。

リン、ふと機材に目をつけて、

リン　……おい、これは……。

リン、機材を再生する。
音楽「黄昏」

日　向　なんだこれ……中国語？
美　華　これ……テレサの歌じゃない？
日　向　この曲は……！

リン、テレサに向かって、

リン　（中国語で）これを録音したのは、だれだ？
テレサ　（中国語で）……鬼蜘蛛です。
アキラ　鬼蜘蛛が？　台湾マフィアがこれを？　なんでこんなところでテレサの歌を録音したんで

しょう？

美　華　台湾で海賊版でも出すつもりなんじゃない？　それか、いっそ中国に売りに行くか……。

アキラ　なにいってんだ。中国じゃ台湾の歌は禁止されてるんだ。中国人が聴けるわけないだろう。

日　向　いや、分からねえぞ。

アキラ　え？

日　向　禁止されてたって、聴きたい歌を人は聴く……。日本の歌ってのは、もとは大陸から渡ってきたものだ。だから大陸の音は日本人の心に響く。逆に言えば、日本でヒットしたものは、当然中国の人たちにも支持される。

美　華　やっぱり海賊版よ。海賊版で一儲けしようってのよ。よくいるじゃない、道端でテープ広げてるテキ屋のイラン人。

アキラ　バカ！　相手はあの鬼蜘蛛だぞ。そんなせこいこと考えるかよ。

リ　ン　……そうか、そういうことだったのか。中国大陸に、テレサの歌を広める……。それも、闇のルートで……。

アキラ　リンさん？

その時、リンは部屋の外に気配を感じ、銃を抜く。

リ　ン　……来たぞ。

日　向　え？

リン　どうやら、バレたようだ。続々と押し掛けてきてるぞ。
美華　ほらーっ！　どうすんのよ。あんた死んでもあたしを守りなさいよね。
日向　バカ、テレサだ。テレサが先だ！
美華　テレサが生き残ったって、あたしがいなきゃ……！

その瞬間、部屋になだれ込んでくるマフィアたち。
日向とアキラ、とっさにテレサを守り、美華を放っておく。

美華　ちょっと、あんたたち！
リン　行くぞ！

リンを先頭に、五人は留置所を抜け出していく。
音楽「入管脱出」

一九八八年・日本／空港への道

台湾マフィアたちとの、激しい戦い。

五人の前に、リュウとコウ、ヂョウが現われる。

リュウ　ずいぶん手間取らせたな。

テレサ　（中国語で）あなたが……リュウ……！

日向　あいつは……。

リン　「鬼蜘蛛」のボス、リュウだ。

ヂョウ　おとなしく台湾に送り返してくれれば、手荒なことはしないですんだんだがな。

マフィアたち、日向たちを取り囲む。

日向　お前、なんのためにテレサを……。

リュウ　お前たちに言う必要はない。

ヂョウ、リンに襲いかかる。

リン　聞かなくてもわかる。台湾の独立のためだ。

リュウ　ハハハ、さすがに中国共産党のスパイは察しがいいな。その通り、台湾国家の建国は我々の悲願だ。

マフィアたち　おーっ！

リン　そのために、テレサの歌が必要だったということか。
日向　テレサの、歌？
リュウ　気づいたか。
日向　どういうことだ。テレサの歌が必要って……。
リュウ　いま台湾は、豊かになりつつある。お前の歌はその象徴だ、テレサ。同じ国のはずなのに、中国は貧しく、苦しい生活を強いられ、台湾は豊かで物があふれている。中国では国家や共産党を賛美する歌ばかり。台湾にはテレサの美しい歌声がある。大陸の人民がこれを知ったらどう思う？
リン　……いつか、中国を見放し、台湾へと走るだろう。
日向　だからこいつらは……。
リン　日本に来てまでテレサの歌を録音していたんだ。何千何万というテープを大陸中にばらまき、台湾の豊かさを見せつけるために。
リュウ　そして我らはテレサの歌声を手に、台湾独立を成し遂げるのだ。
マフィアたち　おーっ！
リン　こいつらが中国侵攻のための最終兵器と呼んでいたもの……。それはテレサ、お前自身だ。テレサの歌こそが、兵器そのものだったんだ。
テレサ　（中国語で）私が……兵器……？
リュウ　その通り！

マフィアたちとの戦い。
リュウ、リンを捕まえて、

リュウ　久しぶりだな。アイリン（愛玲）。
リン　……。
リュウ　傷の具合はどうだ？
リン　貴様に……！

リュウ、リンを突き放す。

リュウ　気をつけた方がいいぞ、日本人。こいつは自分のためなら、親も家族も捨てられる、そういう女だ。生まれながらの「裏切り者」というところか。
日向　裏切り者だと？
リュウ　こいつは台湾に生まれた。
日向　台湾？
リュウ　中国はかつて、こいつを奪う、ただそれだけのために台湾に軍隊を送り込んできた。親も、兄弟も、何千人もの人間が犠牲になった。こいつを守る、ただそれだけのためにだ。にもかかわらず、こいつは仇である中国の手先となり、働いている。

リュウに向かっていくリン。

リンとリュウの戦い。

リュウ　貴様に台湾は渡さんぞ。

上着のはだけたリンの肩に、大きな銃創が見える。

日　向　お前、その傷……。

リュウ　裏切り者の証だ。

リン、リュウを突き飛ばす。

日向たち　リンさん……！

リ　ン　お前に奪われるくらいなら……。

リン、突然、日向に銃を向ける。

日　向　……！

リ　ン　テレサは、もらっていく。

テレサを連れ、マフィアとも、日向たちとも距離をとるリン。

日向　リン！　なんのつもりだ！

リン　……テレサは北京に連れて行く。

日向　なに。

リン　お前にはすまないが、状況が変わった。

日向　北京に連れていって、どうするつもりだ。

リン　それは政府の決めることだ。私の知ったことではない。

日向　……。

リン　分かったら帰れ。命のあるうちにな。

リュウ　だから言っただろう、日本人。こいつは生まれながらの裏切り者だ。テレサを取り戻せ！

マフィアたち、テレサを奪おうとリンに襲いかかる。

逃げていくリンとテレサ。

マフィアたちもそれを追って去る。

アキラ　日向さん……。

日向　リン……バカ野郎、お前！　テレサを兵器なんかにさせてたまるか！

日向、リンを追っていく。

アキラ　日向さん！

美　華　ちょっと！　あたしは行かないわよ！

アキラと美華の二人も後を追う。

一九八八年・日本

リンとマフィアたちの戦い。
しだいに追いこまれるリン。
そこに日向がリンのもとに駆けつける。
リンをかばって、マフィアたちの前に立ちはだかる日向。

リ　ン　お前、なんのつもりだ。

日　向　テレサはまた、歌えるのか？

リン　なに？
日向　北京に行っても、テレサは歌えるのか。
リン　バカなことを言うな。
日向　だったら行かせるわけにはいかねえよ。テレサは歌い続けなきゃいけないんだ。

マフィア、襲いかかってくる。
またかばう日向。

リン　やめろ！　これは中国人同士の問題だ。お前には関係ない。
日向　違うだろう。これはオレとお前の問題だ。人が、人を信じるかどうかって問題だ。
リン　私はテレサを中国に連れて行く。それが私の任務だ。
日向　……行かねえよ、お前は。
リン　なに？
日向　お前と約束したあの日から、オレはお前を信じるって決めたんだ。
リン　……。

襲いかかってくるマフィアたちと、一人で渡り合う日向。

日向　テレサの歌が善となるか悪となるか、平和をもたらす希望の歌となるか、戦いをもたらす慟哭の歌となるか。リン、選ぶのはお前だ！

マフィアとの激しい戦いになる。
音楽「蹉跌の街」
日向、マフィアを全員倒してしまう。

マフィア　引け！

マフィアたちが去っていくと、リンがテレサを連れて行こうとする。

日向　リン……！

リンが、空に向けて銃を撃つ。

日向　……！
リン　言ったはずだ。私はテレサを中国に連れて行く。
日向　どうしてもか。
リン　ああ、どうしても、だ。
日向　なんでだよ。こいつが台湾人だからか、オレが日本人だからか、お前が中国の手先だからか。

リン　関係ない。これが私が選んだ道だからだ。

日向、テレサを見て、

日向　……テレサ。もう一曲だけ、オレにチャンスをくれないか。

テレサ　？

日向　もう一曲だけでいい。次の曲がダメだったら、オレはお前に殺されたっていい。

リン　無駄なことはよせ。

日向　この世界には、お前の歌を待ってる人が、何百、何千万といるんだ。それがだれであろうと、どこにいようと、お前には歌う義務がある。オレは気づいたんだ。お前の歌は、国境を越える。中国だ、台湾だなんて関係ない。すべてのアジアの人々に届く。お前は、アジアの希望になるんだ。

リン　いい加減にしろ！　お前がこいつの歌で、だれかを救おうとするように、同じ歌でだれかを傷つけようとする奴がいる。それが事実だ。それが現実だ。

日向　だからこそ、歌わなきゃいけないんだ。愛しあうもの同士が、別れなくてもすむように。

リン　それが夢だといってるんだ。戦争に負けても、まだ気づかないか日本人！　テレサ、来い！

日向　待て！

幾度となく、リンに殴られ、倒れる日向。
何の抵抗もしない。

リン　……どうした！　なぜ戦わない。
日向　……。
リン　貴様、死にたいのか……！

日向を殴るリン。

リン　いい加減にしろ！（銃を向け）テレサを取り戻したいんじゃなかったのか。戦いもせず、逃げもせず、それでいったいなにができる。
日向　……それが日本だろうが。
リン　……！
日向　……お前、なんでそんなに戦いたがる。お前だって、女だろ。
リン　女は捨てたと言ったはずだ。
日向　女だよ。お前、めちゃくちゃいい女だよ。女はさ、女らしくしてるのが一番幸せなんだって。なのにお前、そんな格好で、戦ってばかりで……なんでだよ。だれよりも傷つき、犠牲になってるのは、お前自身なんじゃないのか。

リン　……戦わなきゃ、生きていけない。
日向　リン。
リン　力がなければ、何もできない。武器を持たなきゃ、なにも言えない。いくら愛の歌を歌ったって、敵は武器を下ろしちゃくれないんだ。
日向　それでもオレは歌う。
リン　……優しい家族がいた。働き者の父と、チャーハンが得意な母と、かけっこが得意で、笑い上戸の弟がいた。だがあの日、中国の軍隊はすべてを踏みつぶした。私を奪い去る、ただそれだけのために。どこに逃げても、奴らは追ってくる。私がそこにいるだけで、たくさんの人が死んで行く。だから私は、軍に従う道を選んだ。（肩の傷をおさえて）たとえ裏切り者と呼ばれようとも、家族を殺した奴らに従っても……。だれよりも強い力を手に入れて、故郷を奪い返す、その日まで……私はこれ（銃）しか信じない。
日向　だったらお前、なんで泣いてるんだ。
リン　泣いてる？
日向　泣いてるよ、お前は。たとえ身体は泣くことを忘れていても。
リン　泣いてない。
日向　肩に傷を負ったその日から。
リン　泣いてなどいない。
日向　お前の心は叫び続けているんじゃないのか。
リン　貴様！

日向　頼む、リン！　オレを信じてくれ！
リン　……私は人を信じない。
日向　お前がオレを信じなくても、オレがお前を信じる。
リン　……。
日向　オレも戦いたいんだよ。銃や爆弾なんかじゃなく、テレサの歌でさ。お前みたいに悲しい目をしたヤツが、心の底から笑えるようになる、そういう歌を作りたいんだよ。お前の心に届く歌を作りたいんだよ。オレは思うんだ。人はだれだって、幸せになる権利がある。たとえその人の過去になにがあろうとも、人を愛する権利がある。その勇気を出すためにこそ、歌がある。お前のために、歌がある。中国の人たちがテレサの歌を聴いてくれるなら、好きになってくれるなら、いつか海峡を挟む二つの国の掛け橋になることもできるんじゃないのか。憎しみあい、殺しあった人間達が、いつか同じ歌を歌って笑いあう。そんな日もくるんじゃないのか。
リン　……。
日向　だからリン、もう銃は捨てろ。オレはもう二度と、お前に銃は握らせない。約束する。オレたちは、トンバオなんだ。
リン　トンバオ。
日向　そうだ。仲間だ。
テレサ　……。

リン、どうすることもできず、立ち尽くしている。

テレサ、そっと「何日君再来」を口ずさむ。

好花不常開（よき花、常には咲かず）
好景不常在（よき運命、常にはあらず）
愁堆解笑眉（愁い重なれど、面に微笑み浮かべ）
涙洒相思帯（涙溢れて、ひかれる想い濡らす）

リン　テレサ……。
テレサ　（カタコトの日本語で）リン……。コトバ、わからなくても……ココロ、わかります。
リン　……。

テレサ、日向のもとへ行き、

テレサ　ヒュウガ……さん。ウォ　シャンシン（我相信／私は信じます）。
日向　テレサ……！
テレサ　ウォ　シャンシン（我相信／私は信じます）。
日向　（リンに）おい、なんて言ってんだ！
リン　（銃を下ろし）信じるってよ。
日向　……ありがとう。

アキラと美華、出てくる。

アキラ　リンさん……。
リン　私に……人を信じる資格があると思うか？
アキラ　人を信じるのに、資格なんかいりませんよ。どこの国の人間でも、それはいっしょです。
リン　アキラ……。

アキラ、ド演歌イマジンを歌いだす。

アキラ　イィイィマジン、ふぉおおお、ざ、ぴぃいいぽぉおおおおお……♪

美華、アキラを殴る。

美華　あんたはいいの！　さ、新曲出すわよ。
アキラ　日向さん。今度こそテレサは、大スターになれますよ。

音楽「時の流れに身をまかせ」
テレサの歌を次々にリクエストしていく人々。

もしも　あなたと逢えずにいたら
わたしは何を　してたでしょうか
平凡だけど　誰かを愛し
普通の暮らし　してたでしょうか

時の流れに　身をまかせ
あなたの色に　染められ
一度の人生それさえ　捨てることもかまわない

だから　お願い　そばに置いてね
いまは　あなたしか　愛せない

リュウ　テープをばらまけ！　テレサの歌を、大陸中に届けるのだ。人民は必ず、台湾へと向かう。

一人ほくそ笑むリュウ。

幕

二幕

一九八八年・日本／テレビ局

音楽「時の流れに身をまかせ（リプライズ）」
美華の歌が終わると、スタッフたちが美華を取り囲む。
有線大賞の授賞式。
ディレクター、以前とはうって変わって、満面の笑みを浮かべている。

ディレクター　いやあ、おめでとう、おめでとう！　日本有線大賞！　新人での受賞は快挙ですよ。
日　向　だから言ったろう。絶対大スターになるって。
ディレクター　あ、あれまたやってくださいよ。チャイナドレスとジャッキー・チェン。瞬間視聴率でトップだったんですよ。
日　向　調子に乗るなサラリーマン。話題作りの時期はもう終わった。もう水着にもならんし、バラエティにも一切出ん。これからは歌一本で勝負だ。

ディレクター　そんなこと言わないで、今夜一杯いかがです？　なんだったらパンツを脱いでお伺いしましょうか？

ラジカセからのテーマ曲ラジカセにのテーマ曲「空港」を流し、のぞみが出てくる。

アキラ　うわっ、テーマ曲ラジカセになっとる。
ディレクター　あ、のぞみさん！　お、おはようございます！　すいません、ちょっと押しちゃってて。
のぞみ　いいのよ、「もうすぐトップ10」は待つのも仕事のうち。
ディレクター　そんなぁ、また大ヒット飛ばしてオオトリで歌って下さいよ。
のぞみ　出番まで、あとどのぐらい？
ディレクター　ちょっと確認してきますけど、「トップ10」圏外の人は、たぶん二時間は待ってもらうことになるかなぁ。

ディレクター、去る。

アキラ　態度変わったなあ……。
のぞみ　（美華に）有線大賞おめでとう。やっぱ外人枠はすごいわ。瞬発力が違うもんね。とても太刀打ちできないわ。

美　華　外人枠？
アキラ　お、そんな日本語知ってたか？
ＡＤ　あ、じゃあ、そろそろスタンバイなんで、着替えお願いします。

美華、アキラ、スタッフを引き連れて去っていく。

日　向　お前、最近、肩に力が入りすぎてねえか？　お前はもっと、気持ちだけでわがままに歌ってる方が……。
のぞみ　今度ね、暴れん坊のお殿様とデュエット曲出そうかって企画が進んでるの。
日　向　サンバでも踊るのか。
のぞみ　それもいいわね、外人枠に対抗するには、こっちもいろいろ仕掛けていかなきゃ。負けないわよ。

のぞみ、去ろうとする。

日　向　それでお前の歌は、だれに届くんだ。
のぞみ　……。
日　向　ＣＤさえ売れたら、それでいいのか？　そんなもの、ヒットチャートに出ては消えていくだけの、ただの幻じゃないか。お前、なんのために誰のために歌ってるんだ？

のぞみ　あなたのためよ！
日　向　……。
のぞみ　決まってるでしょう。あなたのためよ。
日　向　……。
のぞみ　……あの頃が一番楽しかったな。……ステージもない狭いキャバレーの客席で歌いながら、酔っ払いに「早く脱げ！」って野次られて、ドレスの胸元に手突っ込まれても、豚小屋みたいな控え室に帰るといつもホッとできた。そこに、あなたがいたから。売れなくても、成功しなくてもいい、華やかなステージになんか立てなくてもいい。このままあなたと二人、この幸せがずっと続けばいいと思ってた。
日　向　……。
のぞみ　あなたは私の全てを見つけだしてくれた。歌手としても、女としても。いつからか、あなたの夢がわたしの夢になった。あなたがいたから、どんなに辛いときも耐えてこれた。だけど……。
日　向　？
のぞみ　お父様、お元気ですか？
日　向　……すまなかった。
のぞみ　あやまらないで。あなたは何も悪くない。あなたも、もちろんあなたのお父様も。
日　向　待ってくれと、もう少し時間をくれと言ったじゃないか。
のぞみ　待てるわけないでしょ！……時間をかければ、何がどう変わったの？

日　向　……。

のぞみ　覚えてる？　あなたのお父さんの言葉。あたしは死んでも忘れない。母から、オモニから譲り受けた大切なチマチョゴリを着たアタシを見て、お父さんあなたにこう言ったわ。「三国人はとっとと国に追い返せ！」って。

日　向　許してくれ。親父は古い人間なんだ。だけど時間をかけて話し合えばきっといつか……。

のぞみ　どうにもならないわよ！　どうにかなるわけないでしょ。「チョーセン人を嫁にもらうぐらいなら首吊った方がマシだ！」って、あなたを蹴りつけた人の心が、私が愛したあなたのことを「親不孝者！」と殴りつけた人の心が、話し合ってどうなるって言うの？

日　向　……すまない。

のぞみ　（こみ上げてきて）……待てばそれだけ、あなたを傷つけることになる。あなたを、苦しめることになる。だから私は……。

日　向　スジョン……。

のぞみ　（切り替えて、笑顔で）有線大賞おめでとう。今年の冬は、一緒に紅白に出られるように私もがんばるわ。

のぞみ、行きかけるが、日向は語りかける。

日　向　スジョン！……俺の夢は、有線大賞だった。

のぞみ　？

日　向　在日二世のお前に、有線大賞を取らせることだったんだ。だからテレビや雑誌を後回しにしても、地道にドサ周りのキャバレー営業を続けさせたんだ。
のぞみ　……どういうこと？
日　向　有線大賞は、大衆の賞なんだ。一％の支配階級のためじゃない、オレやお前、そしてお前の家族と同じように、日々の暮らしをいっぱいいっぱいで送ってる九九％の一般大衆の賞なんだよ。
のぞみ　大衆の……。
日　向　一日中油まみれになって働いた工場のおっちゃんやおばちゃんが、タバコ一本分のぜいたくを節約して、毎日カトリーヌの歌を聴いてくれてる。油まみれの手に握ったなけなしの十円玉を、赤電話にチャリン！　この音こそ、日本の土台を支えてる音なんだよ。この国の一番下で踏ん張ってる人たちが、みんなカトリーヌの歌を応援してくれてる。カトリーヌの曲を聴くと、「明日もがんばって働こう」って元気が沸いてくる。これなんだよ。オレの夢はさ。その元気を、アジアのすべての人に届けたいんだ。
のぞみ　……おめでとう、夢がかなって本当によかったわね。
日　向　お前にも気づいて欲しいんだ。思い出してもらいたいんだよ。
のぞみ　……。
日　向　……すまん。
のぞみ　あなたはいつも、そればかり。でもね、あなたのすまないは、私にじゃなく、いつも自分自身に謝ってるのよ。

日　向　スジョン。

のぞみ、突然、テレサが隠れている部屋を指さして、

のぞみ　あそこに、だれがいるの？

日　向　……！

のぞみ　収録中は、だれもいないはずのあの部屋の前に、いつもだれかが立ってるのよね。まるでだれも入らないように、見張ってるみたいに。

日　向　……。

のぞみ、去りかけて、

のぞみ　気をつけてね。女は、一番大事にしてるもののためなら、なんだって犠牲にできるものよ。

青空のぞみ、去る。
入れ違いに、アキラと美華が、テレサが隠れていた部屋から出てくる。

アキラ　気づいてるんですかね。

日　向　あいつだって、根は悪いやつじゃないんだ。

美　華　悪いやつじゃない？　あいつが？

アキラ　あの女、歌の心って奴が全然分かってませんね。一度みっちりこってり指導してやった方がええんちゃいますか。

そう言ってまた、ド演歌イマジンを唸り出すアキラ。

日　向　アキラ。

アキラ　分かってまんがな。演歌とジョン・レノンは合わへんって言いたいんでしょ？

日　向　お前のデビューが決まった。

アキラ　は？

美　華　うそ！

日　向　テレサの活動も軌道に乗ってきたからな。お前に内緒で話進めといたんだ。

美　華　うそよ、うそ。うそうそそうそ！　絶対あり得ない！

アキラ、騒ぐ美華を抑えて、

アキラ　……ほんまですか？　ワシ今日、あんまり運気が良うなかったんですよ。

日　向　お前、風水とオレと、どっちを信じるんだ。

アキラ　でもワシ、ジョン・レノンの頭のとこしか歌えまへんで。

日　向　それでいい。
美　華　よくないでしょ。
日　向　はっきり言って歌はヘタだが、お前の歌には味がある。大衆の胸に届く味って奴がな。
アキラ　ほなワシ、マッシュルームのカツラと丸眼鏡かけて日本のジョン・レノンになりますわ。
日　向　そうじゃない。日本のジョン・レノンでもアキラでもなく、台湾のチャン・ミンとして平和を歌うんだ。
美　華　平和？
アキラ　ワシが平和を歌う……。あかん、ビックリしすぎてババちびりますわ。
美　華　ありえない……。
アキラ　……ありがとうございます！　ありがとうございます！　みなさんの顔に泥を塗らぬよう、精いっぱいがんばらせていただきます！　そしていつかきっと、テレサのように、大衆に希望を与えられるような歌手になります。ありがとうございます！
美　華　ね、悪いこと言わないからやめよ。絶対あんたにゃ無理だって。
アキラ　アホ。百年待ってやっときたチャンスやぞ。逃してたまるか！

全力で歌いながら去っていくアキラ。

美　華　あり得ない……。
日　向　あいつはよ、あきらめないからいいんだよ。人間あきらめさえしなきゃ、たいていのことはできるもんだ。

美華　だって、ジョン・レノンは無理でしょ。

日向　あいつな、親父の顔、知らないんだよ。

美華　え？

日向　生まれてすぐ、どっかに行っちまったみたいでよ。でもあいつ、ずっと信じてるんだ。親父がこの国のどこかにいるって。いつか会いに来てくれるって。歌手になって有名になれば、「あいつはオレの息子だ」って名乗り出て来やすくなるからって。

美華　……そうだったんだ。

日向　みんないろんな事情抱えながら、それでもがんばって生きてんだよ。

美華　……あたしだって。

日向　知ってるよ。

美華　え？

日向　お前の夢だって、いつか叶うさ。さ、行くぞ。これから一段と、忙しくなるんだからよ。頼むぞ、カトリーヌ。

美華　……うん。

音楽「別れの予感」
テレサの歌が流れ、美華歌いはじめる。
空には多数の風船が浮かび上がる。

やがてその風船がパラパラと落ちてくる。
その風船を拾い集める中国人たち。

一九八九年／中国VS台湾

曲の流れる中で、風船を集める人々を横目に、高官と部下が現われる。

中国・高官　現在の台湾側の動きは？
部下　大陸にもっとも近い、金門島から続々と風船が流れてきています。
中国・高官　風船？
部下　カトリーヌのテープが縛りつけられています。人民は、みな先を争うように、風船を集めています。
部下　またラジオではカトリーヌの歌が二四時間流され、その電波が大陸内に……。
中国・高官　すぐに電波を遮断しろ。
部下　やつらは何十台もの巨大なスピーカーを使い、大音量で大陸までラジオを響かせています。
部下　とても取り締まれるものではありません。
中国・高官　台湾の侵略を許す気か！　このまま人民の心が移ろえば、中国は滅ぶ。全人民に向け、発令しろ。

軍人たち　（駆け込んできて）はっ！

中国・高官　これより、カトリーヌの歌は中国全土において禁止する。

軍人たち　（人々に向け、銃を構える）

中国・高官　カトリーヌの声はエロスだ。歌うポルノだ。テープはすべて没収する。テープを保管したもの、ダビングしたものは、みな厳罰に処す。カトリーヌに関わるものはすべて排除し、火を放て！

部下　はっ！

炎の燃え上がる音が響き、人々は消えていく。
リン、出てくる。

中国・高官　リン同志。

リン　……。

部下　カトリーヌのテープは、中国全土ですでに一億本以上が回収されています。

部下　これ以上の台湾の文化侵略を許すわけにはいきません。

リン　なにが言いたい。

中国・高官　すでに、工作員を日本へ送り込みました。

リン　まさか……！

中国・高官　まもなく、報告が届くでしょう。

リン、行こうとする。

中国・高官　鄧小平《トウショウヘイ》同志の言葉です。「窓を開ければハエが入ってくる。入ったハエは叩けばよい。その為には百万人が死んでもかまわない」。

リン　……日向は日本人だ。武器も持たない、一般人だぞ。

中国・高官　それが、中国です。

リン、高官をにらみつけると、駆け出していく。

日本の「鬼蜘蛛」のアジト。
シーツの中から姿を現すリュウとコウ。
情事の後の様子。

コウ　いよいよ、中国政府も動き始めたようよ。……いいの？　テレサの歌を潰すためなら、奴らは台湾にミサイルだって撃ち込むわよ。

リュウ　構うものか。いくらミサイルを打ち込もうとも、この戦い、勝てるものではない。

コウ　このまま中国政府の弾圧が続けば、恐怖の方が勝るかもしれないわ。

リュウ　「昼はラオテン（鄧小平のこと）が支配し、夜はシャオテン（テレサのこと）が支配する」。中国人はうまいことを言う。テレサの声はエロスだ。歌うポルノだ。……人は禁止されれば、逆らうものだ。中国の弾圧が続けば続くほど、カトリーヌの歌は中国全土に広まっていく。やつらの思惑とは、正反対に、な。

リュウが合図をすると、のぞみがギョウに連れられて、部屋に入ってくる。

ギョウ　ロォタァ（首領）、連れてきました。
コ　ウ　悪いわね。急に呼び出したりして。
のぞみ（腕をさすりながら）あなたの国じゃ、こういうのを呼び出すって言うの？
コ　ウ　申し訳ないんだけど、ちょっと、協力してもらえないかしら。

舞台は深夜のテレビ局へ

一九八九年・日本／深夜のテレビ局

暗い中、美華の声が聞こえてくる。

美　華　キャー！

足音が聞こえてくる。

美　華　絶対だれかいるよ。楽屋を出た時から、ずっとあたしのあとを追っかけてきてる。

アキラも何者かに追われる様に出てくる。

アキラ　だれかおる。ウンコしてるときから、だれかに見られてる気がする。

二人の前に影が現われる。

二　人　キャー！

逃げようとした二人、ぶつかる。

美　華　店長……！　どこ行ってたのよ。
アキラ　お前こそどこ行ってたんや。

美　華　だれかがあたしの後を追っかけてきてるのよ。
アキラ　オレかてだれかにウンコ見られてた。
美　華　マフィアの連中かも。
アキラ　マフィアがウンコ見てんのか。

二人、物陰に隠れていた日向に足首をつかまれる。

二　人　うわーっ！
日　向　いいから来い。

日向のそばに隠れる二人。

美　華　リンはどうしたのよ？
アキラ　もう一週間です。やっぱり、なにかあったんじゃ……。
日　向　いまここで心配してたってしょうがないだろ。

影が現われる。

三　人　うわーっ！

振り返ると、それはリン。

リン　おい、落ち着け！
アキラ　……普通に来いや！
美華　じゃ、なに？　さっきからずっとつけ回してたのも？
リン　しっ。

日向たちの背後に、また別の影が映る。

三人　……じゃあないんだ。
アキラ　（影を見つけて）うわーっ！　うわーっ！　うわーっ！
リン　落ち着け！
アキラ　いったい、何がありましたんや。
リン　中国国内で、テレサの歌が広まっている。中国政府はこれを警戒して、テレサの抹殺をいや、カトリーヌの抹殺をオレたちに指示した。
美華　うっそ！
リン　すでに何人もの工作員が日本に入り込んでる。（まわりを窺いつつ）奴らもそうだ。
美華　どうすんのよ。あたしイヤよ。まだまだやりたいことだっていっぱいあるんだから！

リン　……お前たち、日本を出ろ。
日向　え？
リン　アメリカでも、どこでもいい。外国に逃げて、歌をやめておとなしく暮らせ。中国政府は本気になれば、カトリーヌ一人を殺すために、日本に戦争を仕掛けるぞ。
日向　バカな事を言うな。
リン　世の中には歌っちゃいけない歌がある。仕方ないことなんだ。
日向　仕方ない？
リン　「何日君再来」……いつの日か君帰る。第二次世界大戦中に中国で大ヒットした歌だ。が、中国当局はこの歌を、中国人に戦う意識を失わせるために、日本人が流行らせた「亡国の歌」であると決めつけ、禁止した。その一方で日本軍は、君とは蔣介石のことだと、やはりこれを禁止した。そして戦争が終わると、今度は台湾政府が、「君」とは「日本軍」であり、政府の圧政に苦しむ人々が日本の植民地時代を懐かしむ歌である、そう決めつけてまたこの歌は、禁止された。
日向　「何日君再来」いつの日か君帰る……。テレサが歌っていた。
リン　もともとあの歌は、酒場の女が、思いを寄せた青年との別れを悲しみ、去りゆく恋人を思って歌った歌だ。そんな優しい愛の歌でさえ、戦争はその意味をねじ曲げていく……。
日向　……。
リン　もう事態は、お前たちの手に負えないところまで来ているんだ。命を大事にしろ。

そう言って、リンは去ろうとする。

日向　それでお前はどうするんだ。
リン　自分のことは、自分で決める。
日向　それじゃ何も変わらないだろう。オレたちはトンバオじゃなかったのか。
リン　しっ！

また影が現われる。

一同　わーっ！

孫（ソン）記者が現われる。

美華　あんた、だれ？
ソン記者　お騒がせしてすいません。私、「北京広報社」の記者で、ソンといいます。
日向　北京広報社？
アキラ　中国の新聞ですよ。
ソン記者　いま、私たちは、カトリーヌさんの北京コンサートを企画しているんです。
日向　北京コンサート？

ソン、あたりを気にして、

ソン記者　しかし、ここで話すのは危険です。どこか、安全なところがあれば……。
日　向　安全っていわれても……。
リ　ン　いいところがある。

舞台は一瞬にして「ジュリアナ東京」に変わる。

一九八九年・日本／ジュリアナ東京

音楽「ジュリアナ東京」
アップテンポの曲にのって踊っている人々。
その喧騒の中で話している日向たち。

アキラ　リンさん、なんでジュリアナですのん。
リ　ン　人は人ごみに隠せと言うだろう。
日　向　どうして北京でコンサートなんて思いついたんだ。カトリーヌは台湾人だ。台湾の歌は、中国では禁止されているんじゃないのか。

ソン記者　今、中国では、民主化を求める運動が広がっています。

アキラ　民主化⁉　ちょっと待ちなはれや。普通デモとか学生運動とかっていうのは、共産党が資本主義を倒すためにやるもんちゃうんすか？

ソン記者　中国の場合は逆なんです。学生たちが共産党政権を倒すために始めた運動です。この活動は大陸全土の労働者たちにも広がり、先月行われたデモでは、ついに参加者が十万人を超えました。

一　同　ええっ！

ソン記者　カトリーヌさんに来ていただけるのなら、北京の広場に百万人を集める予定です。

日　向　百万人⁉

曲が変わり、チークタイムになる。

ソン記者　はい、百万人を前にした、世界最大のコンサートです。この百万人の心を一つにできるのは、カトリーヌさんしかいません。カトリーヌさんの歌は、今や自由の象徴であり、スローガンなんです。お願いします。どうか北京に来てください！

美　華　そんなこと、いきなり言われても……。

あわてて、美華の口を塞ぐ日向。

日　向　もし、もし、だ。もし、中国が民主化したとしたら、台湾はどうなる。この戦いは終わるのか？

ソン記者　台湾はすでに民主化、経済の自由化路線を歩んでいます。中国も豊かにならねばならないのです。これで中国も民主化すれば、もう一度一つの国に戻ることも、不可能ではないでしょう。このコンサートはそのための、平和のための戦いなのです。

日　向　なら行こう。

アキラ　日向さん！

日　向　迷うことはなにもないだろう。テレサの……カトリーヌの歌でこの戦いを止められるなら、それこそオレたちの夢そのものじゃないか。

アキラ　せやかて、いま中国に行くなんて……。政府はカトリーヌの命を狙っとるんですよ。

ソン記者　その点なら、ご安心ください。私たちが、命に代えてもみなさんを守ります。百万の人民があなた方の味方です。

日　向　チャンスじゃないか。このコンサートがうまくいけば、カトリーヌの歌はアジアの希望になる。中国を救った歌として、すべてのアジアの人々の胸に届くようになる。行こう、北京へ。カトリーヌは、アジアを救う歌手になるんだ。

美　華　ちょっとなんなのよ。

美華がたまりかねて前に出てくる。

美　華　なんなのよ、さっきから聞いてたら一人で盛り上がっちゃって。北京なんて、あたし絶対に行かないわよ。

日　向　カトリーヌ。

美　華　あんた、なに言ってるか分かってるの？　冗談じゃないわよ。敵のど真ん中に突っ込んでって歌おうなんて、そんなの自分でやってよ。さっきだって、変な連中に襲われたばっかりじゃない。

ソン記者　ですから、それは私たちが……。

美　華　信用できるわけないじゃない。

ソン記者　……。

美　華　あんた忘れてるかもしれないけどさ、あたしが命かける理由なんてどこにもないんだよ。民主化がどうしたの、体制がどうのって、そんなのあたしには関係ない。かけたきゃ自分の命をかけてよね。

日　向　カトリーヌ！

美華、その場を去ろうとする。

ソン記者　けっこうですよ。あなたは来ていただかなくて。……テレサさんさえいてくれれば。

美　華　……！

ソン記者　カトリーヌさんの歌が、本当はテレサさん、あなたの歌声だということは調べがついています。もし、カトリーヌさんが来ていただけないのであれば……。
美　華　……あたしがいなくてコンサートになるの？　テレサの歌はね、もうあたしの歌でもあるんだから。
ソン記者　中国人民のほとんどは、レコードなど買えません。ダビングにダビングを重ねた、ボロボロのテープを大事に大事に聞いているんです。テレビもレコードジャケットも見たことないんです。
美　華　……。
ソン記者　私たちが必要としているのは、この歌声なんです。
美　華　……あらそう。もうあたしは用済みってわけだ。
アキラ　用済みなんて言うてへんやろ。
美　華　言ってるじゃない！　あんたが一度でも、あたしのこと守ってくれた？　いつだって守らなきゃいけないのはテレサ。あたしのことは二の次でしょ？　そりゃあたしが歌ってるのは、テレサの歌だけどさ、あたしだって命がけでステージに上がってるのよ。ていうか、テレサの代わりにあたしが命かけてるんじゃない。それなのに……。
日　向　カトリーヌ。
美　華　冗談じゃないわ。あたしは、日本人なのよ。

美華、出て行く。

日　向　おい、美華！
テレサ　ミカ……。

日向、テレサ、後を追っていく。

アキラ　（どうしようか迷って）あ、その……すぐ戻ります！

アキラも、その後を追っていく。

リ　ン　……ひどいことを言う。
ソン記者　あの子の言ったことは本当です。関わりのない人が、無駄に命をかける必要はないでしょう。
リ　ン　お前……本気なのか？
ソン記者　……もちろんです。
リ　ン　政府は軍を派遣するぞ。奴らにとって百万の民衆の命など、物の数ではない。
ソン記者　わかってます。だからこそ、テレサの歌が必要なんです。台湾は、いいものを用意してくれた。奴らの武器が、同時に我々の武器になる。
リ　ン　日向たちは関係ないだろう。あいつらを巻き込むな。

ソン記者　なぜです。たとえあの日本人が犠牲になろうとも、いや、むしろ日本人の血が流れた方が人民の心は結束する。

リン　なに。

ソン記者　これは、平和のための戦いなのです。ジン・アイリンニュシィ（金愛玲女史）。

リン　……！

ソン記者　民主化すれば、あなたの血も役目を終える。速やかに人民の心を平定し、台湾を統一しなくてはなりません。そのためには、あなたの血と、テレサの歌が必要なのです。

リン　……。

ソン記者　歌で世界を変えられると……中国と台湾の血塗られた歴史を越えられると、本気で信じているのですか。彼らと共に決して叶わぬ幻想にひたるか、彼らを犠牲にしても故郷に戻るか。要は、どちらにつくかです。

人々の怒声が聞こえてくる。
それは十五年前の光景。
音楽「香港」

一九七四年・台湾

リンが、当時のことを思い出している。
リンの家族が見えてくる。

リン　パァバ　マァマ……（父さん……。母さん……）

リンの父親が、外に向かって何事が必死に叫んでいる。

リン　なにしてるんだ。逃げて、早く逃げて！

窓の外に、武器を手にした軍隊の姿が映る。

リン　パァバ……（父さん……）

その時、窓ガラスが割られ、軍隊が家の中になだれ込んでくる。
次々に殺されていく、家族たち。
父親に銃が突きつけられる。

父親　ジョンジードージョン……！（中止斗争／戦いをやめてくれ）
リン　パァバ……（父さん……）
父親　ジョンジードージョン……！（中止斗争／戦いをやめてくれ）
リン　やめろ！

引き金が引かれ、父親は倒れる。

リン　パァバ！（父さん……！）

父親に駆け寄るリン。
軍隊はリンに向かって次々と手を伸ばしてくる。

軍人たち　見つけた……。見つけたぞ……！　この娘だ、この娘さえ、手に入れば……！

リンを助けようと、立ちはだかる人々を、軍隊は殺していく。

リン　やめろ！　やめてくれ！　なんでもする。中国でもどこでも行くから……だからもうやめてくれ！

すると、死んだはずの者たちが起き上がり、リンに迫ってくる。

家族たち　パントゥ！（裏切り者！）

リン　……！

家族たち　パントゥ！（裏切り者！）

リン　だって……しょうがないじゃないか。そうするしかなかったんだ……。

そこから逃げ出すリン。

だがリンの向かう先向かう先に、次々に死体が現われる。

声　裏切り者！

リン、肩を撃たれる。

その瞬間、全ては消えて、元の景色に戻っていく。

一九八九年・日本／町中

美華がいる。

リン　美華……。

その声で、美華はリンに気づく。

美華　……なによ。
リン　……。
美華　言いたいことがあるならはっきり言いなよ。どうせバカだって思ってるんでしょ。
リン　いや、そんなんじゃ……。
美華　じゃ、なによ？
リン　……あんたがうらやましいよ。
美華　……うらやましい？　あたしが？　なんで？
リン　お前には……私はなに人に見える？
美華　え？
リン　私は中国人か？　台湾人か？
美華　そりゃ、台湾生まれなんだから……いや、でも、中国のために働いてるから……。
リン　私には……もう分からないんだ。自分がいったいだれなのか。どこで生まれ、どこで死ねばいいのか。……あんたさっき言ったろ。あたしは日本人よ、って。

美　華　……うん。

リ　ン　うらやましいよ。

美　華　え？

リ　ン　お前には、国がある。帰るべき場所がある。でも私には……。

美　華　……。

リ　ン　中国人でも、台湾人でもない人間の平和はどこにあるんだ？　平和っていったいなんなんだ？

美　華　リン……。

リ　ン　ジョンジードージョン（中止斗争）。

美　華　ジョンジー……ドージョン……？

リ　ン　戦いをやめてくれ。そう叫ぶ父を、やつらは殺した。

美　華　……。

リ　ン　それから私は、一人で生きてきた……。そうすれば、二度と傷つくことはない。だれかを犠牲にすることもない。……初めてだったんだ、日向が。

美　華　え？

リ　ン　私のことを、本気で信じるって言ってくれたのは。一度は裏切った私を、心の底から迎えてくれた。だから私も、信じてみたいと思った、テレサの歌を。中止斗争、もしあの言葉がもう一度届けられるなら、テレサの歌が届けてくれるなら、私はテレサとともに北京に行きたい。

美華、リンを遮って、

美　華　やめてよ！

リ　ン　……美華。

美　華　分かってる。分かってるわよ。北京に行かなきゃいけないことくらい。そんなの何度も言われなくても分かってる。でもしょうがないじゃない。

リ　ン　(危険だから行かせたくない)違うんだ、美華、私は……。

美　華　(それには耳を貸さず)でもあたしだって怖いんだから。……しょうがないじゃない。だってあたしこんな……こんなこと、初めてなんだから。こんな怖いことがホントにあるなんて、テレビでしか知らなかったんだから。自分が巻き込まれるなんて、考えたこともなかったんだから。だから……怖いのよ。

リ　ン　……当たり前だ。

美　華　日向の言うことは分かるよ。なにを夢見てるかだって分かる。あたしだって歌好きだし……いつか自分で歌えたらって、そう思うから……。

リ　ン　え？

美　華　あ……ウソウソ。ウソよ。ちょっと言っちゃっただけよ。あたしが歌うなんてそんな……あたしが歌ってどうするのよ。そんなの……だれも……聞きたくないでしょ。

リ　ン　そんなことない。

美華　……。
リン　……歌えよ。
美華　え？
リン　いつかさ。テレサが自分で歌えるようになったら、あんたも歌えばいい。思いっきり気楽な歌をさ。いいじゃないか。だれを傷つけるわけじゃなし。それに……。
美華　……。
リン　苦しい歌は、もう十分だ。

日向、出てくる。

日向　美華……。
美華　あんた……。
リン　いたのか。

日向、ちょっと考えて、

日向　美華、お前……カタリナ・ヴィットって名前を知ってるか？

音楽「花はどこへ行った」

美華　カタリナ……ヴィット？

日向　サラエボとカルガリーオリンピックで二連覇を達成した銀盤の女王。間違いなく、世界最高のスケート選手だ。一度プロに転向したんだけどな、二八歳になってオリンピックの舞台に戻ってきた。二八だぞ？　二八じゃ、もう若い選手に勝てるはずはない。でもよ、その時カタリナには、引くに引けないわけがあったんだ。

美華　わけ？

日向　彼女がはじめて金メダルを獲った思い出の地、サラエボは、長く続く内戦に破壊されていた。それに心傷めた彼女は、オリンピックから世界に平和のメッセージを届けるため、負けると分かっているリレハンメルに、あえて舞い戻ってきたんだ。反戦歌「花はどこへ行った」の曲にのり、悲しみの表情をみせて銀盤を舞う彼女の姿に、観客席は魅了された。世界は確実に彼女のメッセージを受け取った。

美華　……それが？

日向　カトリーヌの名前は、その人から取ったんだよ。

美華　……！

日向　お前はテレサを守るための、ただの飾りなんかじゃない。オレたちといっしょに戦う、大事な……トンバオ（同胞）だ。

美華　……うん？　ちょっと待って。リレハンメルオリンピックって、5年後の話じゃない。

日向　いいんだよ！　いい話をしたかったんだから、時代設定なんていいの。

美　華　……。

アキラとテレサ、物陰から出てくる。

アキラ　ええ話や……。

美華、最初うれしそうな表情になるが、テレサとアキラが目に入り、急に不機嫌になる。
テレサが美華の元へ行く。

テレサ　……。
美　華　……あんた。
テレサ　……ミカ……サン。

なにかを言おうとするテレサ。
美華、やがてそれを止めて、

美　華　あ〜……もういい、いい！　やめて！
テレサ　……。
美　華　あんた見てると、ゴチャゴチャ言ってた自分がアホらしくなるから。わがまま言いました。

ハイ、どうもすいませんでした。あんたを信じて、アジアを救います。……そのかわり、全部終わったら、きちんとデビューさせてもらうからね。なんで店長がデビューして、あたしがパクで終わらなきゃなんないのよ。わかった？

日向　……ああ、わかった。

美華、アキラを思いきり殴る。

アキラ　いった～……。

美華　なにしてんだよ。今日も収録あるんだろ。さっさとすませるよ。そしてそれが終わったら、次は北京だ。

日向　……ああ。

音楽「つぐない」
大スターの風格で、華やかなステージで歌う美華。
それを沈痛な面持ちで見ているリン。
その時、突然歌声がとまる。

日向　……!?

音楽は鳴り続け、美華もステージにいるが、歌声だけが聞こえてこない。

リン　まさか……。

日向　テレサか！

日向とリン、テレサの隠れていた部屋に駆けつけ、扉を開ける。
が、中にはアキラもテレサもいない。

リン　鬼蜘蛛か……！

一九八九年・日本／港の倉庫

マフィアが大型ミサイルの弾頭部分を運び込んでいる。
ヂョウ、アキラを殴りつける。

アキラ　テレサを返せ！　テレサをどこへやったんや！　返せいうとるやろ！

ギョウに殴られるアキラ。
暗がりからのぞみが姿を現す。

のぞみ　やめなさい！
アキラ　のぞみさん……。あんたやったんか……。テレサの居場所を教えたん……。
のぞみ　……。
アキラ　なんでそんな……あんたかて一度は日向さんといっしょに、同じ夢を見た仲間やったんちゃうんか。このままやったら、中国と台湾、二つの国の戦いは永遠に終わらへん。今しかないんや。海峡を挟んだ二つの中国をつなぐには、今しか。
のぞみ　関係ないわ！　そんなこと、私には関係ない。
アキラ　のぞみさん！

マフィアたちが弾頭を開けるとテレサがいる。

アキラ　テレサ！　テレサを返せ！
ギョウ　だまれ！

アキラ、テレサに向かっていくが、ギョウに殴られ、倒れる。

リュウ　テレサを返せとはおかしな話だな。もとよりテレサは台湾人、我々の仲間だ。
アキラ　なにが仲間じゃ。テレサは一つの中国のために歌おうとしとんねん。それを……。
リュウ　ふざけるな。なにが一つの中国だ。そんなもの、戦後、蔣介石がバラまいたおいしい作り話にすぎん。同じ中国人の作ったシンガポールは、中国か？　違うだろう。イギリス人の作ったアメリカは、イギリスか。違うだろう。台湾が、中国に帰属する理由など、どこにもない。台湾は、我々台湾人だけのものだ。目を覚ませ、トンバオ、同胞よ。お前の体にも、我々と同じ血が流れているはずだ。
アキラ　たとえ、過去にどんな歴史があったかてな、人を傷つけてええ理由にはならへんやろ。
リュウ　分かりあえたらと……そう思っていたんだがな。

リュウ、アキラに銃を向ける。

テレサ　（中国語で）どういうつもりなの、リュウ！
のぞみ　やめなさい！

のぞみ、アキラをかばう。

のぞみ　約束したはずよ。テレサを取り戻せば、他の人には手出しをしないと。
アキラ　……！

リュウ　（のぞみに銃を向け）バカな女だな。昔の男を守るために、命を捨てるか……。
のぞみ　それが韓国の女よ。
リュウ　……いいだろう。（銃を下ろし、のぞみを叩く）
テレサ　（中国語）やめて！

リュウが合図すると、ギョウと手下たち、アキラを取り囲み、殴りつける。

リュウ　ついに我が手に戻ったか。これで長年の戦いに決着がつく。
コ　ウ　台湾まで、テレサといっしょに楽しい船旅になりそう。
アキラ　だれが行かすか……！
ギョウ　貴様はおとなしくしてろ。（殴る）

リュウとマフィアたち、テレサと共に船の方へ消えていく。
のぞみ、アキラに駆け寄って、

のぞみ　（アキラを起こして）大丈夫……？
アキラ　のぞみさん……昔の男のためって……。
のぞみ　（縄を解く）不器用でごめんね。……一生にたった一人、この人と決めたら死ぬまで尽くすのが韓国の女の生き方なの。

アキラ　不器用やったらワシかて負けません。はよ、テレサを追わな。
のぞみ　あなた一人でどうしようって言うの。
アキラ　一人やない。日向さんたちは、きっともうこっちに向かってはります。
のぞみ　え？
アキラ　ワシは信じとるんです。あの人たちは、なにがあっても、絶対にあきらめへん。せやからワシも、こんなところで寝てるわけにはいかないんですわ。
のぞみ　バカな事言わないで。
アキラ　たとえ生まれた国が違うてもね、人と人の心はつながるはずや。あんたの大切な日向さんはね、それをあんたに知ってもらいたい、ただそれだけのために命がけで北京に行こうとしてはるんですわ。
のぞみ　私の……ため……。

船の汽笛が鳴る。

アキラ　船が……出る……！

そこへ、日向たちが駆けつける。

美　華　店長、大丈夫！

アキラ　日向さん、すいません……。
日向　スジョン、どうしてここに……。
のぞみ　……テレサなら、もうここにはいないわ。今ごろは海の上……。
リン　お前だったのか、鬼蜘蛛に通じていたのは。
美華　……あんたが？
のぞみ　……そうよ。あの子の居場所は、私が教えた。

リンがつかみかかろうとするのを、日向が止める。

アキラ　リンさん！
リン　……日向、追うぞ！

リン、駆け出していく。

美華　どういうつもりよ、あんた！
アキラ　よせ！
美華　あんたのせいでテレサがさらわれたのよ。
アキラ　……この人は日向さんとオレたちのために……
美華　なんでかばうのよ。店長だってこんなひどい目に遭って……あんた、ただじゃすまないからね！

日向　いいからやめろ！

のぞみ　……ほんと、バカね。こんなこと、いつまで続けるのかしら。私が本当に歌いたかったのは、たった一つのフレーズだけなのに……そこについた小さな傷跡が全てを壊してしまう。その歌は、もう二度と聞こえない。

日向　……スジョン、すまない。

のぞみ　なんであなたが謝るのよ。

日向　また、オレはお前を巻き込んじまったんだな。

のぞみ　お願い、謝らないで！

日向　スジョン、憶えてるか、オレとお前が初めて録音した曲。けっきょくレコード会社のオーケーもらえなくてお蔵入りになっちまったあのデモテープ、オレ今でも持ってるんだ。しんどいことがあるたびに聞いて、勇気と元気もらってるんだ。もう聞きすぎて、テープも擦り切れそうになってて、ところどころ音も聞こえやしないんだけどよ。……捨てられねえじゃねえか。

のぞみ　……。

日向　一度レコードについた傷は、二度と消えない。その傷は永遠にノイズを鳴らし続ける。でもオレは捨てたくないんだ。心から愛する曲を、オレとお前が、ありったけの情熱を注ぎ込んで作った愛の結晶、捨てることなんてできないんだよ！

のぞみ、日向に近づき、抱きしめる。

日向　……。
のぞみ　（泣きながら）カムサハムニダ……、サランヘヨ。……サランヘヨ！
リン、駆け出してきて、
リン　日向！　向こうにボートがあった。行くぞ！
アキラ　ええとこやったのに……。
リン　行くぞ！
リン、駆け出していく。
日向　（のぞみに）……すまん。
日向、行こうとする。
のぞみ　もう謝る必要はないわ。
日向　……！
のぞみ　あなたたちが、世界を変えられるっていうなら……あなたの夢を、もう一度あたしに見せてちょうだい。
日向　……わかった！（のぞみに、精一杯の笑顔で）……アンニョン！（じゃあな）

日向とリン、駆け出していく。

アキラ　ちょっと待ってください！　ワシも……！
美華　あたしも……！

モーターボートが船を追っていく。

一九八九年・海上

モーターボートから鬼蜘蛛の船に乗り込む日向たち。
リンとマフィアの戦い。マフィアの一人を捕まえる。

リン　（中国語で）テレサはどこだ！
マフィア　（中国語で）……上です。

やがて日向が追いついてくる。

リン　テレサは上だ！

日向をかばって戦うリン。

リン　日向、先に行け！

ひとりマフィアたちと戦うリン。

甲板には、リュウ、コウ、ヂョウが待ちかまえている。

リュウ　貴様！　とうとうここまで追ってきたか、日本人。

日向　テレサを返してもらおうか。

リュウ　テレサに北京で歌わせるわけにはいかん。……見ろ！

日向　テレサ！

テレサ　（中国語で）助けて！

弾頭の中にいるテレサの姿。

リュウ　これが我々の最終兵器だ。今や、テレサの歌は大陸中に広まった。勝利の時は近い。
日　向　勝利だと。
リュウ　人民はテレサを求め、台湾へと向かうだろう。その時こそ、我らの悲願達成の時だ。テレサの歌がある限り、我々が負けることはない。これこそ我らの最終兵器なのだ。
日　向　いい加減にしろ。お前のように歌を利用しようとする奴がいるから、人は好きな歌一つ歌えなくなっちまったんじゃないのか。
リュウ　……。
日　向　歌はだれのものでもない。それを愛する人のものだ。テレサの歌を大陸の人たちが聞いてくれるなら、その人たちに心から楽しんで歌って欲しい。だれに押し付けられることもなく、禁じられることもなく、心から歌って欲しい。
ギョウ　やかましい！（日向に襲いかかる）
日　向　なのになぜ戦う。なぜ傷つける。
コ　ウ　黙りなさい！（日向に襲いかかる）
日　向　テレサは兵器なんかじゃない。テレサは、海峡を越える掛け橋だ。

リュウ、日向の足下に向け、銃を撃つ。
ギョウ、日向を取り押さえる。

リュウ　オレは生まれたとき、日本人だった。

日向　……！

リュウ　日本人として戦争を戦い、敗れ、国を失った。やがて蒋介石がやってきた。オレたちに銃を突きつけ、お前たちは中国人だと言った。だが違う。オレたちは台湾人だ。

日向　……。

リュウ　台湾の歴史は、侵略される歴史だ。初めは清国、日本、そして中国……。我々台湾人は、ただの一度として国を持ったことがない。

日向　国が……ない？

リュウ　五十年にわたる日本の統治時代、ただの荒れ地に過ぎなかった台湾を切り開いたのはだれだ。我々台湾人だ。街を作り、産業を根付かせたのはだれだ。台湾人だ。戦争が終わった時、我々は同胞に迎えられると信じていた。だがやってきた中国人たちは、同胞などではなかった。奴らは侵略者だった。街から金品を奪い、女たちはみな乱暴された。我らは同胞と信じた者たちに、侵略されたのだ。台湾と中国の間には暗くて深い海がある。台湾海峡を越える橋など、あろうはずがない。

日向　そんなもん、海だと思うから海なんじゃねえか。河だと思えば地続きだろう。

リュウ　国を持てないということが、どれほどの屈辱か、お前ら日本人には分からんだろう。戦争に敗れ、それでも日本でいられた、お前らには……。

　　その時、リンが駆け込んでくる。

リン　やめろ、リュウ！

リュウ　なぜ負けた。なぜ戦争に敗れた。お前たちが負けなければ、オレたちはこれほどの屈辱を受けることはなかったはずだ。

リン　やめろ！

リン、ヂョウを倒し、コウを人質にとる。

リン　銃を下ろせ！

リュウ、ためらうことなくコウを撃つ。

リン　……！

リュウ　オレを甘く見るな。

リン　リュウ……！

リュウ　死ね！

リュウが引き金を引こうとしたとき、爆発音が鳴り響き、大きな衝撃とともに船が止まる。

リュウ　なんだ……！

錨を担いだアキラ、甲板に駆け上がってくる。

アキラ　ざまあみろ、ボケ！
日　向　アキラ！
アキラ　日向さん！　エンジンぶっ壊したりました！　あとはこいつを海に落とせば、船は止まりますわ。
リュウ　貴様……！
アキラ　今のうちに、早くテレサを！
リ　ン　よし……！

美華、入ってくる。
日向とリン、テレサの元に駆けつける。
アキラ、リュウに銃を突きつけられる。

日　向　アキラ！
リュウ　待て！　アイリン（愛玲）！
リ　ン　……！

リュウ　テレサから離れろ。

一瞬、躊躇するリン。

リュウ、アキラを蹴りつける。

リュウ　聞こえなかったのか。この男を殺したくなければ、テレサから離れろ。

リン　……。

美華　リン、お願い！

やむなく、ゆっくりとテレサから離れるリン。

リュウ　悪いがこの船に、裏切り者を乗せておく場所はない。

アキラ　なめてんちゃうぞ、ボケ！

アキラ、船のアンカーチェーン（錨の鎖）を、自分とリュウに巻き付ける。

アキラ　撃ってみろ！　そうすりゃお前もいっしょに海の底じゃ。

リュウ　貴様、死ぬ気か！

アキラ　ワシかてな、アジアを救えるような歌手になりたかったんや。

美　華　店長……。
アキラ　でもワシには無理やから……。
美　華　やめてよ！
アキラ　だったらテレサにがんばってもらうしかないやろが！
美　華　やめて！
日　向　アキラ！
リュウ　貴様も台湾人だろう。なぜ裏切る。なぜ仇である大陸人の味方をする。
アキラ　黙れ！　テレサがなんで命の危険を冒してまで歌おうとしとんねん。それは他のだれのためでもない。オレたち台湾人のためちゃうんか。
リュウ　台湾のため……。
アキラ　その思いを、台湾人であるお前が理解してやらなくて、どないすんねん。
リュウ　台湾の願いは独立だ！
アキラ　今世界中の華僑が台湾と中国を見てる。台湾と大陸の統一は祖国を離れて暮らす世界中の華僑の悲願なんや。世界中の中国人が一つになれる、最初で最後のチャンスなんじゃ！
リュウ　台湾は台湾のものだ！

リュウ、アキラを撃つ。

リ　ン　アキラ！

アキラ　リンさん……。信じてくださいよ、テレサの歌を。
リン　……。
アキラ　「何日君再来」。いつの日か君帰る。何度も禁止されてきたあの歌が、どうして今まで生き残ってきたか分かりますか。あの歌が、人を愛する歌だったからです。人が人を思いあう歌だったからです。せやからどれほど禁止されようとも、あの歌は歌い継がれていったんです。
リン　……。
アキラ　ねえ、日向さん。だったらテレサの歌かて、きっと届くはずですよ。もちろん、オレの歌もね！

アキラ、ド演歌イマジンを歌いだす。
チェーンにひきずられて、二人は海へと落ちていく。

日向　アキラ！　バカ野郎！……そこしか知らんのか！

日向の声が海上に響き渡る。
絶望する日向たち。

美華　あいつ……ほんとバカね……。結局、テレサを守って……みんなを守って……いっちゃった。……あたしには、なーんにも言わずに……死んじゃった。

日向　……。

美華　もう、あんまりバカすぎて……泣く気も起きないわ。

リン　美華……。

美華、明るく日向を叩いて、

美華　なにしてんのよ。さっさとテレサを連れて北京に行くわよ。せっかくあいつが踏ん張ったんじゃない。大した根性もないくせにさ。（リンを見て）ほら、リンも……。

リン　もうだれも傷つけない……。あの日、そう決めたはずなのに……。

その時、激しい爆発音とともに、甲板が吹き飛ばされる。

日向　なんだ……！

リン　船が……割れる……！

爆発音。

船が二つに割れ、引き離されるリン、テレサと日向、美華。

日向　リン！

美　華　なに？　何が起こったの？

日　向　機関部が……爆発を起こしたんだ。船が沈むぞ！

二度、三度と爆発が続く。

リン、テレサの元へと駆けつける。

テレサ　ヒュウガさん！

日　向　あっちにボートがある。テレサを連れて、早く！

テレサ　（中国語）

行こうとするテレサを、リンが止める。

日　向　行くんだ、北京へ。今度こそ二つの国の、戦いの歴史に幕を下ろすために。

リンは突然銃を構え、日向に銃を向け、

リ　ン　すまない、日向……。テレサは……もらっていく。

日　向　リン！

爆発音。

そこに、何台ものヘリコプターがやって来る。

ヘリコプターから軍服姿の男たちが次々に降りてくると、銃を構え、リンのまわりに整列する。

軍人たち　ビェトン！（動くな！）

日　向　リン……お前……。

ソン、ヘリコプターから、出てくる。

ソン記者　お迎えに上がりました、リン　ダージェ（玲大姐）。

リ　ン　……。

ソン記者　いえ、清国皇帝の血を引くただ一人の王女、ジン・アイリン（金愛玲）様。

再び爆発音が響き、吹き上げる炎にリンの顔が赤く染まる。

日　向　リン……。

ソン記者　これで台湾の最終兵器も手に入りました。さあ、戦いの時です。

日　向　戦い……？　どういうことだよ。

軍人　斗争！

軍人たち　勝利！
ソン記者　広場に集まった人民は、すでに百万人を突破した。政府はこれを動乱と認定し、先頃、軍隊を派遣することを決定した。
日　向　軍隊……⁉
ソン記者　そうだ。これから百万の人民は、テレサの歌を武器に、中国軍との戦いに入る。
軍人　斗争！
軍人たち　勝利！
ソン記者　これは革命だ。中国史上、最も熾烈な市民革命だ。我々は、ついに自由を手にする時がきたのだ。
日　向　ソン、お前……それが目的か。平和のためのコンサートなんてのは全部ウソで、結局お前もテレサを利用するつもりだったのか。兵器にするつもりだったのか。
ソン記者　これは必要なことだったのだ。
日　向　必要だと？
ソン記者　軍隊と戦い、何千何万という人間が死んだとき、初めて人民は気づくだろう。「この世界は、なにか間違ってる」。そして中国政府は、世界からも孤立する事になる。
日　向　そんな……そんなことのために……！
ソン記者　全ては、祖国のためだ。
軍人たち　（中国語で）祖国のために！
日　向　貴様……！

軍人たち、いっせいに日向に銃を向ける。

日向　リン……お前、本気なのか？

リン　……この国は、変わらなくてはならない。共産党による独裁を捨て、人民による真の民主化を達成するために。

日向　お前、分かってるのか。これは戦争だぞ。お前らがどんな言葉で取り繕おうが、これは戦争だ。

リン　そうだ。

日向　罪もない人たちが、何千人と死ぬことになるんだぞ。

リン　そうだ。

日向　それがわかってて、お前はこいつらの味方につくのか。

リン　たとえ百万の人民が死に至ろうとも……私には、守るべきものがある。

日向　なんだよ、それは。この国か。王女の血か。

リン　お前に分からない。

日向　言ったじゃねえか、信じろって。お前の心に届く歌を作りたいんだって。結局オレの声は届かなかったってのか。テレサの歌は聞こえなかったっていうのか。オレたちはトンバオじゃなかったのかよ。

リン　あの日、中国の軍隊が私を連れ去ったのはなんのためだ。権力もある、軍事力もある中国政府が、ただ一つ持ちえなかったもの。それは血だ。絶対権力による支配だ。二千年もの間、皇帝という名の神を崇めてきた中国はいま、血を探し求めている。だったら私はこの血で奴らに復讐する。共産党を倒し、台湾へ戻る。それが私の夢だ。

美　華　リン……あんた……。

リ　ン　テレサはもらっていく。……お前たちは、日本へ帰れ。

軍人たち　（敬礼）

リ　ン　私は……裏切り者だ。

飛び去っていくヘリコプターの音と、船の爆発音が響き渡る。
海の上に残された、日向と美華。

美　華　リン……。

美華、日向を振り返る。

美　華　……何してんのよ。

日　向　……。

美　華　リンをテレサをほっとくつもり?

日　向　……。

美華　あんた、ほんとにそれでいいの。あんた、リンを信じてたんじゃないの。テレサの歌を信じてたんじゃないの。
日向　もういい。もう十分だ。
美華　なに言ってんのよ。あんた、バカじゃないの？　なんのためにあたしたちがここまできたと思ってんのよ。あんたの夢にかけたからじゃないの？　そのあんたがここで逃げ出して、だれが報われるのよ。それじゃいったい、あたしはなんのために今までやってきたんだよ。なんのために必死に我慢して、なんのために命かけて、なんのために……店長は……。あんたさ、何にも分かってないよ。人には偉そうなこと言っといてさ……。今、一番苦しんでるのはだれなのよ。裏切るって言葉を、一番嫌ってたのはだれなのよ。あんた、リンが泣いてるのが分からなかったの？
日向　……泣いてる？
美華　リンはいまでも、たった一人で戦ってる。そのリンを、あんたまで見捨てるつもりなの？　百万の人を犠牲にしても、リンが守ろうとしたものがなんだったのか、なんであんた分かってあげないのよ。
日向　守ろうとしたもの……。
美華　……あんたよ。日向。
日向　……！
美華　全部あんたのためだったのよ。リンにとって、あんたはたった一人の仲間だから。たった一人のトンバオだから。リンは全てを捨てて、一人で戦う道を選んだ。たとえ殺されても、裏切り者と呼ばれようとも。

日　向　……。

美　華　助けてあげてよ、リンを。もうあんたしかいないのよ。……日向！

遠くから、広場に集まる人々の歓声が聞こえてくる。

一九八九年・北京／北京の広場

人々を前に、立つリンとソン、そして弾頭の中にいるテレサ。

ソン記者　この広い大陸に生くる、すべての人民に告ぐ。死はわれわれの目的とするところではない。しかしながら、もしだれかの死、もしくは我々すべての死が、この中国という国家の再生と繁栄をもたらすというのなら、我々のとるべき道は一つしかない。

広場を歓声が包み込む。
リンの姿が見えてくる。

ソン記者　今こそ革命の時。ジン・アイリン（金愛玲）王女の名のもとに、共産党政権を倒し、真に自由の国家を！

再び広場を歓声が包み込む。

ソン記者　さあ、リンダージェ（玲大姐）。号令を。
リン　……。
ソン記者　それですべて終わるのです。共産党の支配も、虐げられた日々も、あなたの苦しみも。
リン　すべて……終わる……。
ソン記者　そうです。さあ、号令を。

リン、右手を挙げ、一歩前へと進み出る。
その時、日向が脚を引きずりながら、広場へ駆け込んでくる。

日向　リン！
リン　日向……！
ソン記者　なぜ貴様がここにいる！　貴様は台湾海峡の藻くずと消えたはず。
日向　泳いできたんだよ。死ぬ気でな。
リン　なにしに来た。帰れといったはずだぞ！

日向　ああ、言われたよ。
リン　これは中国人同士の問題だと……余計な真似をして、命を無駄にするなと……。
日向　そうだったな。
リン　だったら、なんで来た。
日向　お前を助けるためにに決まってるだろうが。
ソン記者　とらえろ！

襲い来る人々。
戦いの中、日向は叫び続ける。

日向　リン！　オレは……何もできない男だ。オレはお前みたいに強くないし、テレサのように歌えるわけじゃない。美華みたいに、人を引きつける魅力もないし、アキラのように中国語もしゃべれない。
ソン記者　リン　ダージェ（玲大姐）、号令を。
日向　でも、オレはお前のトンバオだ。頼む、教えてくれ。お前は、本当にそれでいいのか。それがお前の意思か。
ソン記者　リン　ダージェ（玲大姐）、時間がないのです。
日向　お前は言ったよな。自分が何人なのか分からないって。中国人なのか、台湾人なのか……。でもよ、関係ねえじゃねえか。お前は、お前なんだから。なあ、リン、国っていうのはさ、まず国があって、そこに人が集まるんじゃないだろ。人が集まって、それで初めて国になるんじゃねえのか。

ソン記者　号令を！

日　向　オレは思うんだ。遥か、遥か彼方の昔。黄河のほとりにやってきた、たった一組の家族がいたんじゃないかって。黄色い肌で、黒い瞳で、きれいな黒い髪をした家族には子供が産まれ、その子供にまた子供が産まれ、一つの家はやがて村になった。やがてその村からは、あるものは北へ、あるものは南へ、そしてあるものは東の果てから海を越え、はるか遠い島へと渡っていった。そうやって、オレたちの国は生まれたんじゃないかって。

ソン記者　リン　ダージェ（玲大姐）！

日　向　日本人ってなんだよ。台湾人ってなんだよ。中国人ってなんだよ。外人って、いったいだれの事なんだよ。いったいいつになったら、オレたちは許し合えるんだ？　いったいいつになれば、オレたちは家族に戻れるんだ。人が人を区別して、他人の思いを踏みにじることこそ、悲しむべきことなんじゃないのか。平和を願う心はだれもが同じはずなのに、憎しみや、ねたみや、苦しみが、その心をねじ曲げてしまう。

リ　ン　……。

日　向　だけど、人には歌がある。他の動物には絶対に真似のできない、笑顔がある。人と人とが出会って、笑って、酒飲んで、歌ってもうトンバオだろ？　みんな本当はトンバオになりたがってんだよ。中国人も、台湾人も、韓国人も、ヨーロッパもアメリカもアフリカ大陸も、みんなトンバオになりたがってんだよ。だからこそ人は歌うんじゃないのか。海を越え山を越え、国境を越えて……オレたちは何人でもない。みんなトンバオだ！

ソン記者　リン　ダージェ（玲大姐）、号令を！

日　向　聞け、リン！　国が、戦争に傾くとき、歌や踊りや芝居くらいは反戦を謳わなくて、何の為にオレたちは存在しているんだ。人が怒りにふるえて、引き金をひきそうになるとき、その手を止めることができるのは、たった一曲の歌だったりするんじゃないのか？

ソン記者　リン　ダージェ（玲大姐）！

日　向　信じてくれよ、テレサの歌を。聞かせてくれよ、お前の声を。人間はよ、この世に独りぼっちなんてことは絶対にないんだ。お前の心は、オレがちゃんと受け止めてやるから、お前の涙は、オレがちゃんとぬぐってやるから、だから……リン、お前の意思を聞かせてくれ！

一瞬見つめあう、日向とリン。

リ　ン　私の……意思……。

ソン記者　……だまされてはなりません。革命を成さなければ、あなたはその血の運命から逃れることはできません。あなたを覆う闇は、この中国そのものなのですから。

リ　ン　……。

リン、号令のため、ゆっくりと右手をあげていく。

日　向　リン！
ソン記者　それでいいのです。
日　向　お前の意思を言え！
ソン記者　あなたの一声で、中国の歴史が変わるのです。
日　向　お前の意思を言え！
ソン記者　リン　ダージェ（玲大姐）！
リ　ン　日向……。

掲げた右手を振り下ろせないリン。

リ　ン　……助けて。
ソン記者　殺せ！

一斉に日向に向かって襲いかかってくる人々。
日向とリンは捕らえられる。

ソン記者　……残念だ。結局裏切り者は、裏切り者のままということか。だが何も変わらない。テレサが歌えば、人民は戦う。そうなれば、もうだれも止められない。さあ、歌え、テレサ！　戦いの歌を。この国に真の自由をもたらす歌を。

ソン、広場の民衆に向かって、

ソン記者　広場に集まった人民たちよ。戦いの時だ。裏切り者に死を！　独裁者に制裁を！　今こそ中国の新たな歴史を作るのだ！

大歓声が響き渡り、ソンの合図とともに、テレサの歌声が響き始める。
音楽「何日君再来」
しかし、戦いは起こらない。
テレサの歌が人々の心をとかしていく。

ソン記者　……なぜだ。なぜだれも動かない。台湾の兵器は……完成していたんじゃなかったのか。どうした、戦え！　戦うんだ！

戸惑い、声を荒げるソン。

日　向　……お前は何も分かっていない。
ソン記者　どういうことだ。なぜだれも戦わない。……答えろ！
日　向　歌とは……願いのことだ。テレサの願いはただ一つ……。

兵器から、テレサの声が聞こえてくる。

テレサ　ジョンジードージョン……（中止斗争／戦いをやめてください）。

リン　テレサ……。

テレサ　ジョンジードージョン（中止斗争／戦いをやめてください）。

ソン記者　戦いを……やめろだと。

日向　そうだ。テレサはずっと……ただそれだけを願っていた。

ソン記者　そんなバカな……それじゃあ、この革命は……。

日向　お前の負けだ。もう戦いは起こらない。

ソン記者　そんなバカな……！

がっくりとひざをつくソン。

リン　日向……ありがとう。

日向　礼なら、美華に言ってくれ。あいつに尻を叩かれなきゃ、オレはあのまま海の底だった。

リン　そうか……美華が……。

日向　帰ったらあいつも、デビューさせてやらなきゃな。

リン　帰ったら……。

日向　ああ、帰ったらだ。
リン　……あれ？

リン、自分の目から、涙が流れていることに気がつく。

リン　私……泣いてる？
日向　……ああ。
リン　あれ……おかしいな。なんでこんな……バカ、見るなよ。
日向　……それでいい。
リン　え？
日向　自分に正直になれ。人間には、恨みや憎しみを乗り越える力がある。
リン　力？
日向　それが……人を信じる力だ。

リン、涙をぬぐうと、

リン　テレサを……助けてやってくれ。
日向　ああ。

日向、行こうとする。

リン　なあ、日向。

日向　ん？

リン　お前が日本に帰る時……その、つまりお前は、帰るわけだけど……。

日向　（笑って）お前もこい。トンバオ。

リン　……ああ。

ひざをついていたソンが、立ち上がる。

ソン記者　テレサの歌が、すべての元凶なら……もし、あの歌がなければ……。

リン　ソン……！

ソン記者　テレサさえいなければ、まだ戦いは起こるはずだ！

ソン、テレサめがけて銃を撃つ。

リン、テレサをかばい、倒れる。

日向　リン！

音楽「別れの予感」（インストゥルメント）
その瞬間、広場に軍隊が突入し、人民と軍との戦いが始まる。
日向、戦う人々に向かって、声を限りに叫ぶ。

日　向　やめろ！　やめてくれ！　お前ら、テレサの言葉を聞かなかったのか。歌を聴かなかったのか。こんなバカな事……頼むからやめてくれ！

ソン記者　これでいい、これで……。これでいい、これで……！

日　向　ソン……！

ソン記者　これでお前の歌は、もう届かない。

ソン、逃げるように去っていく。

日　向　貴様……！

追おうとする日向を、リンは止める。

リ　ン　ジョンジードージョン……恨みに恨みで返したら……何も変わらない。さっきテレサが、そう教えてくれた。

リン、激しく咳き込む。

日向　リン、しっかりしろ。リン！
テレサ　リン……。
リン　日向、ありがとうな。お前は私にとって……初めてできた……トンバオだ。

リン、傷口を押さえて立ち上がる。

日向　どこへ行く気だ。
リン　この戦いを止める。
日向　そんな……どうやって？
リン　さあね。でも、どうせ助からない命なら、無駄なあがきに費やしてみるのもいい。
日向　だったらオレも……。
リン　あんたは残れ。だれかが……伝えなきゃいけないんだ。この歴史を。
日向　……。
リン　どうだ？　今でも私は、いい女か？
日向　……ああ。
リン　よかった。たまには女らしくしないとな。
日向　ちゃんと帰ってこいよ。そしたら、お前もデビューさせてやる。

リン　お断りだよ。

リン、戦場に向い去っていく。
日向、戦い続ける人々を、なすすべもなく見ている。

日向　なあ、テレサ……。一曲、歌ってくれないか。
テレサ　（中国語で）何の歌を？
日向　前に約束しただろ。お前に最高の歌を作ってやるって。すべてのアジアの人に届く歌を作ってやるって。いっしょに歌ってくれるか？
テレサ　……はい。

そっと歌い始める日向。
テレサもそれに合わせて歌い出す。
音楽「川の流れの始まるところ」

（日向）
遠い遠い昔　川の流れの始まるところ
男たちは　灼けつく陽射しに　力を求めあった

（日向・テレサ）
遠い遠い昔　川の流れの始まるところ
女たちは　緑の大地に　花を咲かせた

遠い遠い昔　川の流れの始まるところ
子供たちは　雲の行く先に　明日の夢描いた

遠い遠い昔　川の流れに楽園求め
子供たちは　欲望の船を　いくつもこぎ出した

同じ川のほとり　同じ星の下　僕らは生まれた
分け合うだけで　心満たされ　いつも笑顔になれた

同じ川のほとり　同じ風の中　僕らは生まれた
愛の意味など　問うこともなく　ずっと抱きしめあえた

ひとつの空に　ひとつの海に
なぜ人は　線を引きたがる
ひとつの空は　ひとつの海は

誰のものでもない

テレサ　（中国語で）日向さん、私……もう一度、がんばってみます。私一人で。もうだれにも、傷ついて欲しくないから。もし、この国の人たちに、今度こそ私の歌を届けることができたら、その時は、聞きにきてくれますか？

日　向　（言葉が分からず）テレサ……すまん。オレは……、

テレサ、日向に微笑みかける。
やがて、戦いは終わりを迎える。

二〇一〇年／北京の広場

広場をながめている日向。
そこには、二十年前の惨劇のあとはない。

日　向　戦いは、軍隊の圧勝に終わった。街のあちこちには、傷つき倒れた人々が無造作におかれ、家族の嘆き悲しむ声が響き渡っていた。リンの姿は、どこにもなかった。翌朝、テレサはオレの

前から姿を消した。どこへ行ったのか、一言の挨拶も、手紙の一つもなかった。まるで自分の存在は、ただの夢だったと言っているかのように。

のぞみが出てきて、日向を車イスに座らせる。

日向　人の歴史が刻まれる、その遥か昔から、人は歌を歌ってきた。あるときは、喜びを表すため、ある時は悲しみをいやすため、そしてある時は、戦いに向かう自らを鼓舞するために……。人はその時、自由だったはずだ。……なのにいま……。

リンに似た少女、花を持って出てくる。

少女　……やっと、来てくれたね。
日向　お前……。
少女　こっちだ。

リンに似た少女に促され、広場を進んでいくと、その向こうに小さな墓石がある。

日向　これは……？
少女　……テレサの墓だ。

日　向　テレサの……！……そうか、あいつは……死んだのか……。
少　女　あの日から、テレサは一度も中国を離れなかった。たった一人で、歌い続けていた。
日　向　たった……一人で……？
少　女　だれも傷つかなくていいように、だれも戦わなくてすむように……。そして今、その歌は、
大陸中の人に愛されている。

音楽「エンディング～川の流れの始まるところ」
どこからともなく、歌が聞こえてくる。
それは日向が、最後にテレサに伝えた歌。

（人々）遠い遠い昔
日　向　この歌は……。
（人々）川の流れの始まるところ
男たちは　焼けつく陽差しに　力を求めあった
少　女（花を供えて）もう歌を奪われることはない。

（人々）遠い遠い昔　川の流れの始まるところ
女たちは　緑の大地に　花を咲かせた

日　向　……スジョン。

のぞみ　なに？

日　向　オレは思うんだ。人が死ぬって言うことは、人に忘れられる事なんじゃないかって。だれの記憶からも消えてしまった時、その人間は死を迎えるんだ。だから……。

人々はテレサの墓に花を供えていく。

日　向　テレサ……。

少女はいつの間にか消えている。

日　向　歌おうか、もう一度。

（人々）遠い遠い昔　川の流れの始まるところ
子供たちは　雲の行く先に　明日の夢描いた

（日向）同じ川のほとり　同じ星の下　僕らは生まれた
（テレサ）分け合うだけで　心満たされ　いつも笑顔になれた。
（人々）同じ川のほとり　同じ風の中　僕らは生まれた
　愛の意味など　問うこともなく　ずっと抱きしめあえた
（テレサ）ずっと抱きしめあえた

アジアの歌姫、テレサ・テンに捧げる。

日本音楽著作権協会（出）許諾第0803098—801号
参考資料「私の家は山の向こう　テレサ・テン十年目の真実」有田芳生（文藝春秋刊）

幕

あとがきにかえて

常々、シナリオライターの仕事と、設計士さんの仕事は、よく似てるんじゃないかと思っている。

もちろん設計士さんの仕事を、よく知るわけではないが、想像で勝手にそう思い込んでいる。

私の考える設計士さんの仕事の、大まかな流れはこうだ。

まず発注を受ける。

土地が何坪で、予算がいくらで、何人ぐらいの人が住む家なのか。機能的な家がいいのか、情緒を重んじるクライアントさんなのかを探る。

次に、大まかなプランを立てて提出し、ダメ出しをもらう。

一番発言権が強いのは奥さんだから、もっと奥さんが住みやすい家にして下さい。ご主人は仕事で留守がちだし、子供部屋部屋も大きすぎる。ドアと窓はもっと大きく、廊下の手摺りもいりません。

そして図面を書き直す。すると今度は前と違ったダメ出しをもらう。

いや、いくらご主人が忙しいといっても、これでは居場所がないでしょ。ドアも窓も大きすぎるし、廊下の手摺りはやっぱりあった方がいいかな。

仕方なく、また図面を引きなおす。

やっぱりそっくりだ！　想像の中の設計士さんの仕事は、シナリオライターの仕事、いや、ふだん私がやってる仕事、そのまんまじゃないか。

似てるところはまだある。

それは、設計士さんがどんなに立派な図面を引いても引き終わった時点では、まだ完成ではない。その図面を元に、家を建ててくれる大工さん、内装屋さん、水道屋さん、電気屋さん、ガス屋さん、家具屋さん、そして何より、その家に住んでくれる人が見つからないと本当の意味での完成にならないという点だ。

シナリオライターも、そのホンを演じてくれる人、舞台を作り、裏方で頑張ってくれる人がいないと、そのホンは紙くずも同然だ、……と私は思う。

そして最後に、ここも決定的に設計士さんと似てると思われる点は、ある家が完成し、そこに人が住み、お客さんが来た時、「設計図を見せてください」という人は、まずいないという点だ。

もしそんなことがあるとしたら、それはその家に、問題が発生した時。住んでる人が快適に暮らせていれば、設計図など見る必要がない。この時点で、どうでもいい存在になってしまうのだ。

シナリオも同じだと、私は思う。

基本的に、お客は役者を見に来る。

演出家を始め、照明さんも、音響さんも、舞台監督さんも、役者を魅力的に見せるために全力を注ぐ。シナリオライターも、その裏方の一人だ。

シナリオや戯曲は、それだけでは只の紙切れで、そこに書いてある物語を具現化する為に、心血を注いでくれるスタッフと、言葉に命を吹き込んでくれる俳優がいて、初めて紙切れは、シナリオ・戯曲になる。

大変に回りくどくなってしまったが、私の紙切れを素晴らしいお芝居にしてくれた全てのスタッフと全ての役者、そしてそのお芝居を見に来て下さった皆さんに、この場を借りて心からの感謝を伝えたい。

そしてこれからも、読み物としてだけでなく、多くの人に喜んでもらえる見世物の設計図としてのシナリオ・戯曲を、書き続けていけたらと思っている。

二〇〇八年三月

羽原大介

『歌の翼にキミを乗せ』上演記録

CAST

竹之内フミ	観月ありさ
尾形一等兵	安田　顕
永田曹長	村杉蝉之介
二階堂中尉	武田義晴
福田二等兵	チョウソンハ
老店主	加瀬竜彦
大久保二等兵	伊藤　玲
小宮山二等兵	湯川　崇
山田二等兵	浜島直人
浦野通信兵	西村雅彦

STAGE STAFF

作	羽原大介
演出	杉田成道
美術	加藤ちか
照明	倉本泰史
音響	内藤勝博
衣裳	宮本宣子
ヘアメイク	宮内宏明
演出助手	西　祐子
舞台監督	福澤諭志
	宇野圭一＋至福団

PRODUCE STAFF

制作	花本理恵
広報	岩間多佳子
企画・プロデュース	岡村俊一
主催	フジテレビジョン
	関西テレビ（大阪公演）
	キョードー大阪（大阪公演）
企画・製作	アール・ユー・ピー

『何日君再来《イツノヒカキミカエル》』上演記録

CAST

日向英一郎	筧　利夫
リン	黒木メイサ
アキラ	藤原一裕
美華	石川梨華
ソン	遠山俊也
ヂョウ	清家利一
テレサ	en-Ray
コウ	ちすん
リュウ	山本　亨
青空のぞみ	彩輝なお
	黒川恭佑
	山崎雄介
	桜木涼介
	松本有樹純
	北田理道
	久保田創
	藤榮史哉
	塚田知紀
	宮嶋剛史
	浅井みどり
	高野　愛
	那須野恵
	吉沢響子
	長谷川祥子
アンサンブル	水原　睦
	黒田龍矢
	狩野　淳
	夏川氷聖
	大谷香織
	魚谷佐知子
	稲葉美穂

STAGE STAFF

作	羽原大介
演出	岡村俊一
音楽監督	からさき昌一
美術	加藤ちか
照明	松林克明
映像	市川元信
音響	山本能久
衣裳	宮本宣子
ヘアメイク	宮内宏明、川端富生
振付	広崎うらん、浅井みどり
殺陣	清家利一
特殊効果	南　義明
演出助手	渡辺和徳
舞台監督	原田譲二
プロダクションマネージャー	中村信一

PURODUCE STAFF

制作	木下大介
	田村有宏貴
	田中耕平
	岩間多佳子
	島袋　潤
	荒川由紀
プロデューサー	前田三郎
	伊藤正善
ゼネラルプロデューサー	山崎芳人
	伊藤喜久雄
協力	アズクリエーション
後援	(財) 鄧麗君文教基金会、ニッポン放送
制作協力	アール・ユー・ピー
主催	キョードー東京、アイエス

羽原大介（はばら　だいすけ）

1964年生まれ。日本大学芸術学部卒。

大手芸能プロのマネージャーを経て、つかこうへいに師事。運転手兼大部屋俳優から脚本家に転進。現在も、テレビ、舞台、映画、何でも来いで活動中。

映画「パッチギ！」で第29回日本アカデミー賞優秀脚本賞、「フラガール」で、第30回日本アカデミー賞最優秀脚本賞を受賞。シナリオ業の傍ら、劇団『新宿芸能社』を主宰し、定期的に公演を行っている。

映画：「フラガール」「ゲロッパ」「パッチギ！」「パッチギ！LOVE & PEACE」「ゲゲゲの鬼太郎」「伝染歌」「テニスの王子様」「ふたりはプリキュア劇場版」など。

テレビ：TBSドラマ30「お・ばんざい！」NTV「明日があるさ」など。

舞台：「何日君再来」（07年・日生劇場）／「歌の翼にキミを乗せ」（07年・新国立劇場小劇場）など。

歌の翼にキミを乗せ

2008年4月20日　初版第1刷印刷
2008年4月30日　初版第1刷発行

著者　羽原大介
装丁　鳥井和昌
発行者　森下紀夫
発行所　論 創 社
東京都千代田区神田神保町 2-23　北井ビル
tel. 03(3264)5254　fax. 03(3264)5232
振替口座 00160-1-155266

印刷・製本　中央精版印刷

ISBN978-4-8460-0686-0　http://www.ronso.co.jp/